Musicien, dramaturge, romancier, poète, chroniqueur de presse, adjoint à la culture de sa commune pendant vingt-cinq ans, où il a créé un Salon du livre, **Bernard Duporge** *est résolument tourné vers les arts. Dès son premier roman,* Les Pins de la discorde, *paru en 2001, il insuffle à son écriture sa passion pour l'histoire, de la grande à la petite, celle qui fait le quotidien des gens. L'auteur a reçu le prix ARDUA en 2007 pour* Le Mal des marais. Le Tambour de Lacanau *a reçu, à l'unanimité, le Prix Saint-Estèphe en 2011.*

L'Année
DES TREIZE LUNES

Du même auteur

Aux éditions De Borée

L'Ombre du lilas
La Cabane du berger
La Fiancée des sables
La Sans Pareille
Le Tambour de Lacanau
Les Amants de la lagune
Les Pins de la discorde
Maria de la lande

Autres éditeurs

Des remous dans l'air bleu
Histoires peu ordinaires à Lacanau
Humeurs de Duvallon
La Maison du passé
La Saison des épinards
Le Mal des marais, prix Ardua 2007
Le Prix de la terre
Les amants du Médoc
Les Culottes courtes
Les Racontars du Courtioù
Les Silences de la sorcière

En application de la loi du 11 mars 1957,
il est interdit de reproduire intégralement ou partiellement
le présent ouvrage sans autorisation de l'éditeur ou du Centre français
d'exploitation du droit de copie, 20, rue des Grands-Augustins, 75006 Paris.

© Éditions Lucien Souny, 2008
© De Borée, 2015 pour l'édition poche

© Centre France Livres SAS, 2021
Terre de poche
45, rue du Clos-Four – 63056 Clermont-Ferrand cedex 2

BERNARD DUPORGE

L'Année
DES TREIZE LUNES

TERRE DE POCHE

*En ce temps-là, pour ne pas châtier les coupables,
on maltraitait les filles.*

Paul ÉLUARD

Prologue

L'OCÉAN, bleu-vert sous le soleil, dans un vacarme de vagues fortes, a du mal à avaler la langue limoneuse du fleuve qui déferle. La marée la repousse, mais la digérera malgré tout. Dans quelques heures, ces deux éléments, parfaitement étrangers pourtant, ne feront qu'une masse d'eau identique, pour se donner aux navires de passage.

L'homme est au bout de cette jetée de la pointe de Grave, là où finit le Médoc. À l'endroit où les forces de la Gironde et de l'océan s'affrontent, se confondent, sous l'œil vigilant du phare de Cordouan.

Mains dans les poches d'un long manteau d'hiver, il se dit que les différences sont brassées par les éléments.

Sacrifice nécessaire ?

Il se dit qu'il faut sûrement cela avant d'aborder la sérénité.

Parfois, la marée salvatrice met longtemps à absorber le sacrifice.

I

LE GRONDEMENT de l'océan entrait dans la maison avec une régularité de métronome. Il devait être grossi par le vent qui soufflait en tempête et chaque vague se fracassait sur le sable avec violence. Marc pensa qu'elles devaient attaquer la dune avec force. Il se rappela cette nuit de février où elle avait rendu à l'océan presque quinze mètres de sable. Les blockhaus, vestiges de la dernière guerre, tapis sur les hauteurs de sable, s'étaient retrouvés au petit matin sur la plage, comme de tristes navires échoués, perdant définitivement leur massive autorité. Un peu comme si les éléments avaient lavé les outrages des hommes. Les anciens le disaient depuis longtemps : un jour, l'océan reprendra ses droits. C'est vrai que dans des temps reculés, il envahissait tout le pays jusqu'après la Garonne, mais bon, c'était dans des temps reculés. Mais à chaque grosse marée, à chaque grosse tempête, il y avait toujours quelqu'un pour se rappeler cette prédiction des anciens. Et c'est vrai que ce soir, Marc pensait, en souriant certes, que peut-être un jour... Peut-être un jour, mais cette nuit, l'océan allait encore avaler quelques mètres cubes de sable.

Il sortit pour fixer les volets qui claquaient. La rue était déserte. Seules, des branches d'arbustes jalonnaient le sol et s'envolaient sous les rafales, pour se poser en roulant quelques mètres plus loin. Il sentait sur le visage le picotement du sable projeté par le vent. Bientôt, en petits tas, en forme de vague, il envahirait la chaussée. Dans la pénombre du soir qui avançait, les lieux ressemblaient à une ville fantôme. Un cow-boy serait apparu sur son cheval au tournant d'une rue, qu'il n'aurait pas été autrement surpris. Marc sourit à cette idée. Il aimait ce temps. Il aimait cette saison. Ce coin l'avait adopté, ou il avait adopté ce coin, il ne savait pas. Sans doute les deux. Lorsqu'il était enfant, ses parents avaient loué une petite maison sous les pins sur le haut d'une dune, pour les vacances d'été, et ils l'avaient achetée quelque temps plus tard. Georges Arnaud, marin, partait plusieurs mois par an, et Madeleine, sa femme, au bord de l'océan, se sentait ainsi un peu avec lui. À la retraite, Georges faisait de longues marches sur la plage en fumant son éternelle pipe en écume, regardant comme à regret cette immensité d'eau sur laquelle il n'irait plus jamais. Madeleine attendait son retour de promenade, comme elle avait attendu ses retours de voyages. Malgré leur amour du coin, depuis quelques années ils s'étaient réfugiés à Bordeaux, plus pratique pour eux qui avaient maintenant du mal à se déplacer. Marc avait hérité de la petite maison. Il ne savait plus combien d'offres d'achat il avait reçues. Non, il ne vendrait jamais. Les cinq pièces étaient grandes pour lui et lui coûtaient en entretien, mais tant pis, il assumerait. À chaque offre, il répondait dans un sourire qu'on ne vendait pas un endroit qui vous avait fabriqué des souvenirs. Les acheteurs partaient, haussant les épaules, pensant qu'il était fou. Il n'y pouvait rien, cette côte médocaine le fascinait. Il avait vu des ailleurs de rêve, dans des décors de palmiers et de sable blanc, baignant dans des mers turquoise, mais devant ces dunes, les embruns venant du grand large avaient un tel goût de sel qu'ils accrochaient aux narines. Vous intégraient au décor, pour ne plus faire qu'un avec lui. Pour se fondre en lui. C'était l'idée même que Marc se faisait de la communion. Du partage. De la complicité. Ici, la beauté sauvage des lieux avait quelque chose de mystérieux. Comme si chaque grain de sable, pourtant foulé tout l'été par une multitude chaque année plus grande, ne livrait jamais totalement ses secrets à celui qui voulait bien le respecter, en l'invitant dans son propre univers. Du coup, depuis pas mal d'années, il laissait l'été aux touristes et ne venait plus qu'en hiver. Le vent, le bruit de la mer, la solitude des lieux faisaient un savant mélange qui lui procurait un enchantement inexplicable. Après tout, l'essentiel n'était-il pas le plaisir ? Alors, qu'importait l'explication. Le réel rejoignait l'imaginaire, et suffisait à son bonheur.

Une rafale de vent plus forte lui fit baisser la tête. Derrière lui, un volet claqua. Son chien, inquiet, vint sur le pas de la porte, en geignant. Marc le rassura de la voix et le chien, un épagneul à poil blanc et roux, rentra sans broncher. Une fois tous les volets fermés, le bruit de la tempête s'atténua, devint presque un ronronnement. Brusquement, la lumière s'éteignit, revint, et s'éteignit pour de bon. Deux lampes à pétrole étaient sur la cheminée. Il avait gardé de sa jeunesse les habitudes de sa mère. Elles décoraient et lui rappelaient le temps où l'électricité se coupait souvent en hiver, à cause des branches qui cassaient les fils. Alors, Madeleine les allumait et souvent, sans rien dire, ils écoutaient le vent, en regardant bouger les ombres que faisait la lumière jaune crue qui scintillait, à travers la mince cheminée de verre. Il prit une boîte d'allumettes, en craqua une, alluma la lampe. Avec les ombres, lui revinrent en mémoire ces instants de bonheur d'autrefois. Pourtant, malgré ces souvenirs qui remontaient au rythme de la tempête, une autre tempête résonnait dans sa tête : il était seul. D'habitude, elle venait avec lui. Ce soir, elle n'était pas là. Ni demain sans doute. Ni les autres jours. Il regarda avec tristesse le grand tapis devant la cheminée. Mille petites braises, jaillissant des flammes, avaient fait, depuis des années, des petits trous noirs. Pas jolis. Il ne se décidait pourtant pas à le changer. Pour deux raisons. Ce tapis, c'est son père qui l'avait ramené d'une de ses escales au Sénégal, comme les deux statuettes d'ébène accrochées au mur. Ces présents lui rappelaient les voyages de ce marin souvent absent de la maison, mais qui le faisait voyager en lui envoyant des cartes postales d'Afrique et d'ailleurs. Il en avait eu des rêves dans ses nuits de vent grâce à cela. Il en avait imaginé des vagues énormes sur des mers démontées, que son père, invincible, passait sans difficulté sur son gros cargo, arc-bouté à une passerelle, face au vent, fumant sa pipe, tranquille, col relevé et casquette sur la tête. La seconde raison, c'était Élisabeth. Avec elle, assis sur ce tapis, devant les flammes de l'âtre, ils avaient refait le monde encore et encore. Ils l'avaient fait amour et tolérance. Sans illusions mais avec espoir. C'est ce qui l'avait conquis tout de suite chez elle. Cette propension à rêver malgré tout. Elle aussi avait adopté ce pays de sable et d'eau. Différent du sien, pourtant situé à quelques encablures, comme disait Marc, mais dans un autre port qui avait la vigne pour décor sur les bords de la rivière. Je suis une ribeyrote, disait-elle en riant, et je vais mettre au pas le landescot que tu es. C'est vrai qu'il venait d'un pays de landes, où le pin était roi. Il souriait, heureux du challenge en vue. Différence de lieu. De comportement. De personnalité. Pourtant, pour un même pays. Quel curieux Médoc.

Le vent, maintenant, devenait violent. Décidément, cette année avait été incroyable. Après un printemps torride, qui avait suivi un hiver sans vrai froid, les pluies avaient noyé le mois de mai. On espérait tout de juillet, mais il ne tint pas ses promesses. Août non plus. C'est le réchauffement, entendait-on ici et là. L'automne avait été brûlant, et ce début décembre soufflé par un vent violent. Le changement de climat est en route, disaient les gens avec un air entendu. Certains vieux riaient dans leur barbe. Comme le vieil Élie. Un sans-âge celui-là. Il semblait à Marc qu'il l'avait toujours connu vieux. Ses quelques cheveux blancs en broussaille cachés par un mauvais béret ciré par la pluie et le vent, il promenait dans les dunes son air voûté, comme cherchant du regard un trésor entre les grépins[1]. « C'est normal, mon drôle, on y peut rien, c'est l'année des treize lunes, affirmait-il d'une voix douce. On a déjà vu ça autrefois, à l'époque où la météo n'était pas si bavarde et où tous savaient lire le temps en regardant les choses. Et ce n'est pas fini, disait-il en portant le doigt à son béret en guise d'au revoir, ce n'est pas fini. » Puis, toujours en regardant le sol, il se perdait dans la forêt de pins avec cet air avisé qui le rendait mystérieux. Mon drôle ! Marc adorait cette expression qui désignait, dans ce coin de landes, le petit garçon, le jeune, le drôlet. Elle lui semblait être en accord avec la simplicité des vieux de ce pays, qui voyaient toujours les plus jeunes comme des petits enfants.

Le vieux Médard, lui, fréquentait peu les pins. Il arpentait la plage. Chaque marée lui apportait quelque chose. L'année des treize lunes ? Bien sûr que ça modifiait tout. Les marées comme le reste, prétendait-il. Invariables les marées, répondait Marc, régulières. Le vieux Médard souriait en plissant les yeux. Pour l'heure et les coefficients,

---

1. *Aiguilles des pins.*

oui, le calendrier ne se trompait pas, mais c'était bien tout. Chacune apportait son lot de surprises. Comme la vie.

Comme la vie, se répétait Marc. Comme Élisabeth. Elle lui avait amené son lot de surprises, et il se rendait compte à quel point il n'avait pas été bon marin comme son père, pour naviguer dans ces marées-là. Pourtant, il s'était imaginé capable de tenir la barre. De maintenir le cap.

Le vent hurlait, transformant les rues en caisse de résonance. Les unes sifflaient tandis que d'autres grondaient comme des tuyaux d'orgue. Il s'était mué en chef d'un orchestre jouant une symphonie tourmentée. Personne n'applaudirait. Marc trouvait pourtant le concert de qualité. Il ouvrit la porte pour regarder le ciel maintenant noir. Au détour d'un gros nuage, la lune, furtivement, montra un coin de son visage. Il se rappela le jeu de marelle, dans la cour de l'école, quand, avec ses copains, chacun à leur tour, tout en sautant, ils dessinaient l'astre de la nuit à l'aide d'un bout de bois en disant : « la lune est ronde, elle a deux yeux, un nez et une bouche… ». Il eut l'impression que la lune le regardait d'un air bizarre. Est-ce que c'était la treizième ? Il ne savait pas. De toute façon, cette année, treize lunes ou pas, avait été détestable. Triste. Il pensait à Élisabeth.

C'était peut-être à cause de cette fichue lune que Pierrot et Colombine s'étaient cassé le nez, pensat-il en souriant. Pourtant, tout avait si bien commencé. Il en avait vu des filles au cours de ses voyages dans le monde entier. Des modèles à la Gauguin, poitrine charnue et cuisses épaisses, aux Asiatiques fines et soumises, en passant par les Sénégalaises rieuses, à la démarche déhanchée, au regard accrocheur et envoûteur. Il avait connu l'exotisme sous toutes ses formes. Toutes, elles avaient eu du charme. Malgré cela, il n'avait jamais songé à se fixer dans quelque coin du globe. Il n'aurait pas pu, ses hivers le ramenaient invariablement dans sa maison sur la dune. En y réfléchissant, tous les exotismes, ici, étaient réunis. Ailleurs, sur d'autres dunes, d'autres déserts, le gourbet ne poussait pas. Ici, fragile, il se pliait au vent. Faisait partie du décor. L'habillait de vert clair. Il lui était même indispensable, puisqu'il retenait le sable et évitait l'ensablement. Avant lui, combien de villages ou de maisons avaient été ensevelis par ces petits grains jaunes ? Certes, ici, pas d'épices odorantes des marchés colorés et fleuris, mais l'odeur de résine valait bien tout ça. Dans tous ces pays où il avait eu des succès féminins, il savait bien qu'il ne les devait qu'à sa peau blanche. À son allure riche qui le faisait descendre dans les meilleurs lieux. Il avait rencontré des filles, mais jamais l'amour.

Et puis l'an dernier, il avait croisé Élisabeth. Comme ça. Par hasard. Jusqu'alors, avec les autres, il s'était arrêté au corps, là, il n'y avait eu que le regard. Simplement le regard. Il y avait tout vu. Les choses les plus insensées qu'il n'imaginait même pas. Comme s'il avait été dans un autre monde. Une autre vie. Il lui sembla avoir quitté la terre l'espace de ce regard qui dura peu, mais qui lui sembla une douce éternité. Il devait la revoir. Il ne pouvait pas en être autrement. Il n'en doutait pas une seconde : elle serait son port d'attache.

Le vent s'était un peu calmé. Le matin le surprit sur le canapé, enroulé dans une couverture. Les braises du foyer s'étaient éteintes et le froid le réveilla. Toujours entouré de sa couverture, il ralluma le feu. Finit de se réveiller en regardant les flammes danser de nouveau. Il mit de l'eau à chauffer pour faire du café qu'il avala brûlant. Volets ouverts, il contempla la rue. Les branches et les morceaux d'arbustes y gisaient sans bouger, anéantis par le vent de la nuit qui était parti passer sa colère ailleurs. Il enfila un manteau, entoura son cou d'une longue écharpe, passa les doigts dans ses cheveux défaits, siffla son chien et partit, mains dans les poches, vers la plage. L'air frais lui griffa le visage. Il sourit d'aise. Fugace, l'image d'Élisabeth lui apparut. Il ferma les yeux pour la garder.

« Salut Marc, déjà levé ? »

Sorti de son rêve, il se retourna. Médard était déjà sur la plage.

« Elle a encore bougé cette nuit, hein ? La dune a perdu au moins deux mètres. »

Il haussa les épaules en signe de résignation. C'était comme ça.

« Ah, la nature. Heureusement, ce matin, la marée nous a un peu remboursés. »

Médard adorait ce terme et l'employait chaque fois que la marée apportait quelque chose à récupérer. Du bois de préférence.

« Ça vaut quand même pas autrefois, qu'il dit. Mon père m'a raconté qu'un chargement de porto s'était échoué sur la plage du sud. En une heure, toute la commune le savait. Le douanier du poste du Lion a fait ce qu'il a pu pour freiner le pillage, mais il paraît que cette année-là, tous les repas du pays ont été arrosés au porto, et c'est la plus belle cuite que la plage n'ait jamais connue ! »

Marc aimait ces histoires. Elles lui rappelaient celles des naufrageurs d'antan, qui, les soirs de tempête, accrochaient des lampes à huile aux cornes des vaches et les faisaient promener sur la dune. Les bateaux en difficulté, croyant être à proximité d'un quelconque port, s'approchaient de la côte, s'échouaient et se faisaient allègrement piller. Est-ce que les habitants de la côte étaient les descendants de ces naufrageurs ? Médard disait que non en souriant et en plissant les yeux, mais pensait à ce temps-là avec envie.

« J'aurais bien voulu vivre à cette époque, pas toi Marc ? »

Marc sourit et haussa les épaules. Il restait chez ces gens de la côte un rien de pirate et de naufrageur qui les rendait attachants. Sûrement la faute de ces lieux où l'on pouvait rêver, face à l'immensité que rien ne délimitait et où l'ordre semblait dérisoire.

La côte était jonchée de débris de toutes sortes. La prochaine marée en reprendrait un peu, irait les porter plus loin, au hasard des courants, mais d'ici deux ou trois heures, les objets les plus intéressants auraient été mis à l'abri dans les garages.

Marc aimait cet esprit un peu flibustier. Souvent, cette récupération ne servirait pas, mais le plaisir de la cueillette était le plus fort. « Tout ce qui vient sur la plage nous appartient, affirmait Médard, sûr de lui. Et puis il paraît que les premiers hommes ne vivaient que de la cueillette, pas vrai ? On a des restes, disait-il en riant, c'est tout. »

Il avait toujours le sens de la formule et excusait tous les travers des hommes par des affirmations de ce genre. Il faut dire que la vie dans le pays n'avait pas toujours été très facile, et qu'il avait dû se débrouiller comme il avait pu.

Marc continua sa marche vers l'Alexandre. Seul dans ses pensées. Si la tempête avait sévi dans tous le Médoc, du côté des vignes, ils avaient peut-être aussi souffert ? Est-ce qu'Élisabeth se promenait, elle aussi, pour constater les dégâts ?

Son chien partit en courant vers un groupe de kayocs qui se reposaient dans le calme revenu. Ils s'envolèrent en criant. Le ciel était encore chargé. La pluie n'était pas bien loin. Les vagues grises cognaient encore un peu. Elles se brisaient dans un grand bruit, en faisant des gerbes d'écume blanche.

Marc, face à l'océan, s'assit sur le sable. En pareil cas, d'habitude, il aurait été comblé. Pas aujourd'hui. Élisabeth lui manquait trop.

II

Lorsqu'elle avait connu Marc, pour Élisabeth, ça n'avait pas été, comme pour lui, le coup de foudre, mais tout doucement, elle avait ressenti ce qui ressemblait à de l'amour. Il était beau garçon, savait la faire rire, et son air de ne pas prendre les choses au sérieux lui plaisait. Elle sortait d'une déception amoureuse et ressentait l'envie de changer de cap. De connaître un autre monde que le sien, qui lui semblait fait de choses trop convenues. C'était ça son milieu. Comme elle aimait le dire à Marc en riant, chez elle, il y avait un code de la tenue, de la vie, encore plus rigide que le code de la route. Et voilà que depuis quelque temps, elle avait une envie folle de le transgresser. Le château appartenait à la famille depuis plusieurs générations. Si la Révolution avait permis aux paysans de racheter des landes rases, elle avait aussi permis à d'autres, d'acheter des terres à vignes. Ensuite, avec le vin, l'argent venant, ils avaient construit ces grosses maisons qu'en Médoc on appelait château, et les propriétaires devinrent du coup des châtelains, avec presque des lettres de noblesse. D'un coup de baguette magique, la paysannerie s'était retrouvée à un niveau supérieur. Il fallait donc impérativement avoir un train de vie en rapport avec la situation, et avec, pour les plus nantis, chapelle dans les vignes. Parce qu'après avoir coupé allègrement les têtes, la morale était revenue avec la religion. Dame, ne disait-on pas la vigne de Seigneur ? D'ailleurs, les curés s'accommodaient très bien de cette nouvelle vie qui les rendait grassouillets, même s'ils accusaient les plus pauvres du péché de gourmandise. Plus tard, le phylloxéra, puceron parasite arrivé par accident vers 1866, à cause d'une imprudence des pépiniéristes, avait bien tenté de faire disparaître tout ça, mais les Amériques inventèrent la contre-attaque. Grâce à des plants greffés, le puceron perdit la bataille. Si elle avait connu une parenthèse, désastreuse pour la plupart, l'aventure avait redémarré heureusement pour tous. C'est ce qui était arrivé aux Mercier-Lachapelle. Besogneux, ces gens qui travaillaient dans le drap et les tissus avaient acheté, après 1810, quelques hectares dans les environs de Cussac, entre palus et forêt, et les avaient plantés en vigne. Avec des hauts et des bas, les affaires avaient prospéré. Mais curieusement, lorsque la vigne se portait bien, le marché des bois et résineux battait de l'aile, et inversement, comme si chaque activité avait une décennie à elle. Un juste équilibre pour que le Médoc ait toujours un atout dans sa manche. Élisabeth avait grandi dans cette atmosphère, où les convenances se devaient d'être respectées depuis plusieurs générations. Les gemmeurs, eux, avaient eu une vie plus dure, et, côté convenances, c'était plutôt maigre. Pour manger ventrèche ou sardines salées et boire une eau au goût de soufre, il ne fallait ni couvert en argent, ni assiette en porcelaine de Limoges. Et les jours de fête, un verre grossier supportait très bien la mauvaise piquette dont ils se régalaient. Même si la gemme se vendait parfaitement, le travail de pin en pin nécessitait une rude santé, que l'on entretenait en buvant l'eau qui se déposait sur la résine, dans le pot de terre cuite placé sous chaque care.

Marc éclatait de rire quand Élisabeth lui disait vouloir faire exploser la petite bourgeoisie de ses vignes. Enfin, de ses vignes, plutôt celles de sa lignée. Seconde de la famille, sortie de l'école d'agriculture et d'œnologie, son rôle consistait à recevoir, à organiser des réceptions, tandis que le reste de sa famille, père et frère, gérait le domaine, sous l'œil vigilant du grand-père qui veillait à la tradition en patriarche, malgré son grand âge. Organisation sans faille. Elle savait donc faire tourner le vin dans un verre ballon, pouvait dire s'il avait de la cuisse, une jolie robe, du nez ou toute autre chose encore désignée par des mots toujours en rapport avec le corps d'une femme. Autant Marc était en admiration devant cette science, autant Élisabeth trouvait que tous ces mots, qu'employaient seulement quelques personnes désireuses d'étaler leur savoir, étaient ridicules. Ce qui la chagrinait le plus, c'était de voir son avenir tout tracé. Aucune surprise dans le parcours : étude, château, mariage, de préférence avec un ribeyrot de classe, enfants, retraite, vieillesse à l'abri du besoin, cheveux blancs en chignon et sourire permanent sur des lèvres sèches, regardant les plus petits s'ébattre devant des chais refaits à neuf. « Ce défilé de certitudes qui s'étale devant moi, me donne la nausée », avait-elle dit à Marc. Elle était en révo-lution totale. Lui, des certitudes, il n'en avait pas. Surtout lorsqu'il l'avait rencontrée. Il comprenait qu'il n'était pas de son monde, mais il comprenait aussi qu'elle aimerait justement cette différence qui pouvait lui changer la vie.

Un parking avait été le lieu de leur première rencontre. Il allait se garer, lorsque, sans faire attention, elle sortait d'une place. Le choc fut inévitable. Marc hurla : « Merde, c'est pas vrai, elle est con ou quoi ? » Furieux en sortant de sa voiture, il se calma dès qu'il la vit. Dans sa robe juste au-dessous des genoux, grande, mince, chevelure en léger désordre, elle lui souriait avec un air très ennuyé.

« C'est de ma faute.

— Je crois, avait-il répondu.

— Ah bon ? Vous avez tort vous aussi ? »

Il sourit gentiment.

« J'ai dit ça pour vous faire plaisir, mais vous aurez tous les torts. Je le regrette, croyez-le bien, mais comme disent les jeunes, y a pas photo. »

Rester sur un parking pour faire le constat n'étant pas pratique, ils allèrent faire leurs écritures à la terrasse d'un café proche. Il lui offrit un verre.

« Ah, vous habitez sur la côte ? Vous êtes un landescot alors.

— Peut-être », avait-il répondu sans certitude.

Elle avait souri.

« Je vois bien que si. »

Elle lui expliqua que pour les Médocains du bord de la Gironde, que l'on appelait la rivière, les gens de la forêt étaient des landescots, venant de la lande médocaine, tandis qu'eux, les gens de la rivière, étaient des ribeyrots. Elle ajouta que depuis longtemps, les ribeyrots sous-estimaient gentiment les gens de la forêt.

« Nous n'avons pas la même noblesse.

— Et surtout pas la même modestie », avait dit Marc, un brin moqueur.

Elle avait ri de bon cœur et dit que c'était rare de rencontrer des gens de la forêt aussi subtils. Marc ne fut pas dupe. Il était en position de force, c'est elle qui avait commis l'imprudence, pas lui.

« Vous êtes une flatteuse de circonstance », dit-il en la regardant droit dans les yeux.

Il la sentit embarrassée. Comprit qu'il venait de la prendre à son propre piège. Apparemment, le landescot venait de marquer un point. Le constat rempli, elle se leva. Il lui proposa un autre verre. Elle hésita un instant.

« Pour me permettre de découvrir la noblesse des ribeyrots », dit-il.

En souriant, elle fit oui de la tête et se rassit.

Une heure après, elle avait tout raconté. Le château. Les vignes. Les chais. Le train de vie. L'activité débordante. Les réceptions. Les repas aux chandelles.

« Et vous ? » demanda-t-elle.

Il resta silencieux quelques instants, se demandant comment commencer, et surtout ce qu'il allait dire. Côté mondanités, il avait quelques longueurs de retard.

« Alors, les landescots sont si pauvres d'histoire ? »

Marc lui expliqua que son histoire ne se mesurait pas en discours ou en réceptions, mais en sensations, et qu'il n'y avait pas de mots pour décrire une dune sous le vent. Une marée d'équinoxe.

« C'est ça votre noblesse ? » demanda Élisabeth un rien moqueuse.

Curieux personnage que cette fille. Fallait-il à tout prix avoir le luxe autour de soi pour vivre heureux ? Fallait-il pour cela avoir des lettres de noblesse ?

« Notre noblesse n'existe pas, c'est le pays qui est noble. Il nous tolère, c'est tout. Alors, nous le regardons vivre en y faisant très attention. Vous domptez votre vigne, nous ne domptons pas la mer, ni le vent, ni le sable. Les hommes, les landescots, comme vous les appelez, qui habitent ces lieux les respectent, parce qu'ils sont fragiles. Vous façonnez les vignes, chez nous, ce sont les marées et le sable qui façonnent le décor et les gens. Nous ne sommes que leurs invités. Les vieux disent même qu'un jour, l'océan nous chassera des terres et reprendra ses droits. »

Elle buvait ses paroles. Marc semblait tellement vrai. Loin de tous ceux qu'elle connaissait
et qui calculaient leurs phrases. Gérald, qu'elle
venait de quitter, ne lui avait jamais parlé de cette
manière simple. Vraie. Tous, autour d'elle, avaient
ce style ampoulé qui faisait de leurs discours de
véritables cours de rhétorique. Même les quelques
mots d'amour qu'il avait prononcés sentaient la
phrase toute faite, sortie d'un manuel du parfait
gentleman. Il lui sembla que d'un coup elle venait
de rencontrer l'amour. Mais elle avait appris la
prudence et se voulait réservée. Pourtant, elle
osa :

« Mais si c'est si bien que ça chez vous, ça doit
mériter une visite, non ? »

Marc ne savait pas comment lui proposer de la
revoir, elle lui fournissait la solution. Il répondit
sans hésiter :

« Vous avez mon adresse sur le constat, vous
êtes la bienvenue quand vous voulez. »

Elle avait dit sa phrase comme ça. Sans réfléchir. Elle se dit qu'elle s'était fait piéger, mais ne
le regretta pas. Et tant pis si elle passait pour une
effrontée. Elle le regarda droit dans les yeux.

« La semaine prochaine, ça va ?

— Ça va. »

III

D'EMBLÉE, la petite maison sur la dune avait plu à Élisabeth. Deux pignons, situés de chaque côté, rehaussaient le rectangle simple de la bâtisse. Tout autour, à la hauteur des dalles, courait une frise de bois sculptée comme une dentelle, qui lui donnait un charme enfantin. On aurait dit une maison de poupée placée au milieu des pins. Pas de pelouse, mais un tapis d'aiguilles de pins brunâtres, qui laissait passer de loin en loin des taches de sable jaune où l'on s'enfonçait avec délice. Elle était loin de ressembler à la grosse maison bourgeoise dans les vignes, et c'est ce qui faisait à ses yeux tout son charme. Le contraste lui plaisait. Elle lui rappelait les cabanes au fond du parc qu'elle construisait avec ses cousins. Elle y jouait déjà la maîtresse de maison, et ses cousins les invités de marque. Ils voulaient déjà ressembler aux grandes personnes qui les entouraient. Pour jouer. Adulte, le jeu lui avait paru moins drôle. Elle aurait alors aimé pouvoir jouer à l'enfant. Interdit. Ce retour à l'enfance remonta agréablement à sa mémoire. Marc l'attendait, appuyé au portail de bois peint en vert pâle qui avait fané sous le vent et la pluie.

« C'est sympa chez vous. »

Marc sourit. Il tendit le bras vers l'ouest pour lui montrer l'océan proche. On entendait le grondement léger des vagues qui se brisaient. Sous le soleil, le bleu de l'eau brillait de mille étincelles.

« Vous avez trouvé facilement ? »

Elle avait demandé son chemin à un vieux monsieur, qui avait souri lorsqu'elle avait lui demandé où était la maison de Marc. Il lui avait indiqué le chemin en ajoutant d'un air entendu qu'il ne la vendait pas. Elle avait précisé qu'elle n'était pas acheteuse, mais qu'elle venait seulement le voir. Le vieux avait tourné son béret sur la tête : « Sacré Marc, il se mouche dans la dentelle à présent. »

« Vous avez sûrement rencontré le vieil Élie. C'est un observateur né. Il ne rate rien de ce qui se passe ici. S'il voulait, il pourrait écrire un livre sur la vie de ce coin. »

Marc la fit entrer. Son regard se posa sur le tapis. Il expliqua les braises et ce que représentait le tapis pour lui. Elle pensa qu'il était un grand romantique.

« Il est trois heures, dit-il, voulez-vous faire un tour dans les pins et sur la plage ? Ensuite, nous boirons un verre. »

Bien sûr, elle connaissait les plages de l'Atlantique et leur sable jaune, elles étaient toutes les mêmes. Mais ici, curieusement, elle n'y avait pas vu qu'une plage pour passer une agréable après-midi, non, elle avait ressenti quelque chose de complice. Le vent ? Les embruns ? Elle comprit très vite qu'au-delà des lieux, c'était la présence de Marc qui lui était agréable. Il ne cherchait pas à étaler sa science, comme Gérald, ou de lui faire un cours sur les marées, ou de lui parler de cette baïne qui se formait à quelques mètres de la côte. Non. Il lui parlait simplement du plaisir qu'il avait à marcher sur le sable, son chien gambadant devant lui, où courant vers un kayoc qui s'envolait devant lui en criant. Du plaisir qu'il avait à s'asseoir sur le sable et à regarder l'océan, la mer, comme il disait, venir s'écraser tout doucement à ses pieds, dans une fine écume blanche. Il lui raconta aussi les soirs de tempête, où le vent hurlait sa colère et où il l'écoutait dans la petite maison fermée, assis sur le tapis devant la cheminée, éclairé par une lampe à pétrole. Elle s'était sentie si bien qu'elle n'avait plus eu envie de partir. Du coup, il avait improvisé un repas simple : ventrèche grillée et pommes de terre sous la cendre.

« J'ai trouvé une bouteille de vin », dit-il d'un air vainqueur en revenant du garage.

Elle s'était mise à l'aise, avait quitté ses chaussures. Assise sur le tapis, elle semblait heureuse. Il lui servit un verre. Elle le huma, le fît tourner, regarda sa couleur.

« Il a de la... »

Amusé, Marc l'avait interrompue :

« J'espère qu'il est bon. »

Elle avait souri.

« Pardon, vous avez raison, je ne suis pas au château. »

Elle vit, posé sur un buffet bas, une guitare.

« Vous en jouez ? » demanda-t-elle en la désignant du doigt.

Il avait remué la main d'un geste incertain. Elle avait insisté pour qu'il joue trois notes. Elle s'aperçut qu'il maîtrisait bien l'instrument. Elle émit un coup de sifflet admiratif. Il lui avoua qu'il s'était même risqué à écrire quelques paroles. Elle insista. Si fort et si gentiment, qu'il avait fini par accepter.

Soleil, chaleur, rêve menteur, Soleil chaleur, rêve menteur
L'hiver filait, à quand l'été, mais au printemps, rêve passant,

*J'ai rencontré hanche brûlée, la fille nue, une
    ingénue
M'a promené au fil du temps, m'a promené au
    fil des ans,
Et, toute étoile confondue, j'y ai noyé le ciel de
    ma rue.*

Élisabeth était totalement sous le charme. Elle lui demanda avec mille précautions :

« Elle raconte une histoire vraie ? »

Il répondit que non. Enfin, pas vraiment. De toute façon, c'était une vieille histoire.

« Une vieille histoire ? » avait-elle demandé curieuse.

Oui. Ces voyages incessants ne lui permettaient aucune attache sérieuse, et il avait mis son cœur en vacances pendant quelque temps. Elle sourit à la phrase.

« Volontairement ? »

Il ne répondit pas.

« Il y a d'autres couplets ? »

S'accompagnant à la guitare, il continua :

*Soleil couchant il faisait clair Soleil levant, même
    la mer
Était complice sur chanson d'eau des feux d'arti-
    fice nouveaux
Sable fuyant sous nos deux corps*

Nous attachant aux mêmes ports
Les saisons avaient disparu quand l'amour
m'était revenu.

Élisabeth était bouleversée par la mélodie. Par les paroles. Marc chantait en regardant sa guitare. Comme gêné. Ses chansons, il se gardait bien de les interpréter devant les femmes. Parfois, avec des copains, il osait. Comme pour la Saint-Jean. Sacré tradition que la Saint-Jean. Tous les 24 juin, ils se réunissaient à plusieurs. Après un apéritif copieux, un repas bien arrosé, vers minuit, quand les corps s'endormaient, il prenait sa guitare, et ces joyeux lurons troquaient alors leur rusticité pour devenir poètes, l'espace d'un moment. Et ce qui pourrait sembler incongru était en réalité beau. Intense. Marc pensait que les hommes étaient, pour la plupart, des êtres sensibles, mais qu'ils ne voulaient surtout pas le laisser paraître. La sensiblerie, c'est pas pour nous, disait son copain béret rouge, il faut laisser ça aux femmes.

Pourtant...

Dans la cheminée, les bûches lançaient des langues de feu chatoyantes. Elles faisaient des jeux d'ombres dans le soir qui tombait. Les cordes de la guitare résonnaient sous les doigts de Marc.

*Depuis les jours, petit garçon, filent les joies et
    les saisons,*
*Un jour l'hiver a chaviré le feu de bois qui nous
    chauffait.*
Toutes les pages envolées ont caché le soleil gaîté
*Au grand rire de février moi qui n'avais jamais
    pleuré.*
*Soleil chaleur, rêve menteur Soleil chaleur, rêve
    menteur.*

Il posa sa guitare. Releva la tête. Regarda Élisabeth. Larmes aux yeux, silencieuse, elle souriait. Une nostalgie énorme se dégageait de la chanson. Elle avait compris qu'une histoire d'amour, un jour, avait explosé dans le cœur de Marc.

Seul, le crépitement des bûches accompagnait leur silence.

« Il est tard, dit-elle au bout d'un instant, je devrais partir. »

Marc sourit. Devina la question.

« Si vous le souhaitez, il y a une chambre pour vous. Le lit est toujours fait pour les amis.

— Je veux bien. »

Il se leva, mit une bûche dans l'âtre, puis se rassit à côté d'elle sur le tapis.

« Si j'en crois la chanson, l'histoire s'est mal terminée ? »

Marc fit oui de la tête.

« C'est la vie, on ne maîtrise pas grand-chose.

— Pourtant on le croit. Dans ma famille, on prévoit tout. Des choses quotidiennes aux choses exceptionnelles, les règles sont appliquées. Et l'on doit faire en sorte de ne jamais en déroger. Mais il faut dire que ça crée une forme d'équilibre. »

Elle baissa la tête.

« Mais moi, cet ordre-là, je ne peux plus le voir. Il m'empêche de respirer. »

Elle disait que les funambules, sur leur filin, avançaient dans un équilibre qu'ils mettaient en danger à chaque pas, à chaque instant, au péril de leur vie, mais que leurs gesticulations en recherche d'équilibre les faisaient arriver au bout de leur désir. De leur rêve.

« Ainsi, chaque parcours est un défi et une victoire. Rien n'est jamais acquis. J'aimerais prendre des risques pour me prouver que j 'existe. »

Alors, les prévisions fournies par son éducation, elle en avait assez.

Marc l'écoutait en silence. Il comprenait son désir de sortir de ce qu'elle prenait pour un carcan. Qu'elle était belle en fille révoltée, ses cheveux défaits tombant sur ses épaules. Il en était sûr, maintenant, il l'aimait. Il comprenait aussi qu'il ne lui était pas indifférent. Ils se regardèrent intensément. Tout doucement, leurs mains se joignirent. Tout doucement, leurs lèvres se joignirent. Tout doucement, leurs corps se joignirent.

Soleil couchant il faisait clair,
Soleil levant même la mer
Était complice sur chanson d'eau,
Des feux d'artifice nouveaux.

*
* *

De retour dans ses vignes, Élisabeth était radieuse. Édouard, son père, eut le sentiment que quelque chose avait changé dans le comportement de sa fille. Il la connaissait bien et n'avait pas apprécié qu'elle rejette Gérald. Il pensait que ce garçon de bonne famille était fait pour elle. Bonne éducation, un avenir évident dans les affaires. Après l'avoir fréquenté pendant quelque temps, Élisabeth l'avait rejeté sous un prétexte qu'il trouvait fallacieux. Elle avait décrété qu'il ne l'aimait soi-disant pas assez. Un comble. Elle avait peur de devenir sa femme, au même titre que sa voiture ! Est-ce qu'une vie ne suffisait pas pour apprendre à s'aimer ?

Avec Colette, son épouse, s'étaient-ils aimés à leur première rencontre ? Certainement pas.

L'Année des treize lunes

Mais les quelques hectares de vigne qu'elle avait apportés, ajoutés à ce qu'il allait posséder plus tard, avaient suffi pour qu'ils se disent oui. L'amour était venu avec les années et personne ne s'en plaignait. L'amour, disait-il, c'est un rêve et rien d'autre, et il ajoutait, tranchant : « La vie n'est pas faite de rêve, ça coûterait trop cher ! » En fait, Élisabeth ne lui avait pas dit tout de suite qu'elle ne voulait plus de Gérald, mais les derniers temps, à chaque fois qu'il venait sur la propriété, elle disparaissait comme par enchantement, ayant toujours quelque chose d'important à faire. Entre le père et la fille, l'explication avait été orageuse. Colette avait désapprouvé sa fille, mais du bout des lèvres. Il faut dire qu'elle avait toujours en mémoire ce beau gaillard bronzé qui avait fait les vendanges dans les vignes de ses parents et qui l'avait embrassée avec fougue, le soir de la gerbaude[1]. Il venait de la grande lande et sentait le sel des embruns. Il était revenu l'année suivante et là, ils avaient été plus loin qu'un simple baiser. Un soir, sur l'herbe sèche du bord de la rivière, elle avait connu l'extase pour la première fois dans les bras de ce garçon. Un souvenir qui lui amenait, encore aujourd'hui, des larmes aux yeux. Elle l'avait vraiment aimé.

---

1. *Fête de la fin des vendanges.*

Elle l'aimait sûrement encore. Il avait disparu à la fin des vendanges. Il est vrai qu'à cette période, c'était l'Occupation et le travail obligatoire en Allemagne pour les jeunes. Réfractaires, ils disparaissaient sans donner d'explication. Le maquis en récupérait beaucoup. Avait-il disparu à cause de ça ? Elle n'avait jamais su et son rêve s'était envolé. Alors quand ses parents, après les vendanges, lui avaient présenté Édouard, elle ne s'y était pas opposée. Même mieux, il tombait bien. Elle se donna à lui si vite, qu'il en fut un instant choqué, mais se réfugia vite dans le plaisir et en oublia sa stupeur. La robe blanche à traîne et les invités de marque n'avaient pas effacé ce qui n'avait été à ses yeux et à son cœur qu'un contrat signé devant le notaire. Colette comprenait sa fille et ses idées d'indépendance, mais ne pouvait rien dire. Elle avait épousé une forme de vie et ne pouvait pas s'y soustraire. Avec le temps, elle avait fini par aimer son mari. Ou alors ce n'était qu'une forte amitié. Elle ne savait pas, mais elle était fière de la rébellion de sa fille. Bien sûr, elle ne lui dirait pas.

Élisabeth avait bien compris que sa mère était de son côté, mais, connaissant sa discrétion, elle n'attendait rien d'elle. Pourtant, un jour qu'elle se promenait dans les vignes, elle lui parla de Marc.

De sa maison sur la dune et des embruns salés qui la griffait.

Les embruns dont lui parlait sa fille la ramenèrent sur le bord de la rivière. Elle revit le visage de son amant. Son odeur lui revint en mémoire. Elle ferma les yeux.

IV

L A TEMPÊTE s'était calmée dans la matinée. La mer cognait encore, et à l'horizon, le ciel laissait présager le temps à venir. Pas bien beau. Il y aurait encore de la pluie. Marc regardait l'horizon, lorsque Médard l'accosta. Il venait de parcourir la plage et avait ramassé quelques planches en teck, amenées sur le rivage par la mer.

« J'en donnerai à un copain, ou j'en vendrai un peu. »

Marc, en plaisantant, lui demanda la différence entre donner et vendre. Médard eut l'air surpris.

« Donner, c'est échanger contre quelque chose, vendre, c'est prendre de l'argent en contrepartie, non ? Il faut une contrepartie à tout, sinon...

— Sinon quoi ?

— Sinon, plus d'équilibre. »

L'équilibre ! Marc s'amusa de la réplique. Il faut dire que parfois, dans le pays, l'équilibre tenait à

peu de chose, et les longues soirées d'hiver laissaient passer des mots qui fragilisaient ce bel
équilibre dont il se réclamait. Surtout les jours de
pluie comme en ce moment, lorsque la tempête
vous enfermait à l'abri, avec pour tout regard un
horizon bouché à contempler pendant des heures.
Il en revenait des choses en mémoire dans cette
grisaille. Il s'en disait des paroles curieuses, dis-
tillées dans une ambiance de confidence ouatée
et grise. Tout le monde observait tout le monde.
Tout se savait. Les secrets les plus personnels
se transformaient en secrets de polichinelle, et
chacun riait sous cape. Pourtant, qu'il était beau
l'hiver. Malgré la pluie. Malgré le vent. Malgré la
médisance.

« Hier soir, dit soudain Médard, la marée a
apporté autre chose que du bois.

— Ah bon ? Intéressant ? »

Médard plissa les yeux et son visage fut barré
par un sourire mystérieux.

« En tout cas joli.

— Joli ?

— Oui. Environ un mètre soixante-dix, mince,
noire, un petit garçon à la main. Elle loge à l'hôtel
de la plage. Bel endroit pour regarder la tempête,
non ?

— Surtout curieux de venir à cette époque, rétorqua Marc, le mois d'août est loin. Et elle cherche quoi ? »

Médard le regarda du coin de l'œil.

« Parce que, d'après toi, elle cherche quelque chose ? »

Marc répondit qu'on ne venait pas sur la côte à cette saison sans une raison importante.

« Nous l'apprendrons sans doute dans les jours qui viennent, dit Médard en tournant le dos. Ce ne serait pas la première fois que le mystère frappe à notre porte. »

Pas la première fois que le mystère frappe à la porte. Comme il avait raison, Médard. Comme il avait raison. Pourquoi Élisabeth ne venait plus le voir ? Pourquoi ? Alors que tout semblait aller bien entre eux, elle s'était éloignée tout doucement. Elle ne répondait même plus à ses messages.

Ses pas menèrent Marc vers l'hôtel de la plage. Au comptoir, il y avait toujours les mêmes clients de l'hiver. Enfin, ceux qui restaient l'hiver, mais qui étaient clients toute l'année. Seulement l'hiver, ils étaient chez eux. Entre eux. Débarrassés du bruit et des autres, comme ils disaient. Ils étaient dans leur cocon de vent et de sel qui leur burinait le visage et faisait ressortir les rides sous leur barbe mal rasée. Accoudés au zinc, ils regardaient l'océan. Attendaient que le temps s'écoule.

Rien ne les pressait. Ils jugeaient les vagues. Faisaient des commentaires sur le vent. Celui d'ouest dans la tempête. Celui du nord qui allait sûrement frapper dans la semaine. S'il tournait un peu plus à l'est, peut-être même qu'on aurait quelques flocons. « Décidément, ces treize lunes, quel foutoir ! » disait Jeannot. « Même mon chien n'est pas comme d'habitude », affirmait-il, l'air sérieux.

Elle est entrée, et tout le monde s'est tu. Gênée, elle toussota. Commanda un café et un diabolo menthe pour le petit. Les conversations mirent un certain temps pour repartir, plus feutrées, moins gueulardes. La pluie s'était remise à tomber. Tout doucement, mais avec une régularité qui laissait présager qu'elle s'installait pour quelques heures.

« Vous allez voir que ça va recommencer, dit Élie. Depuis qu'ils sont allés sur la lune, le temps est tourneboulé.

— Ben voyons », dit le patron en rigolant.

Élie se fâcha presque. Dit que les vieux n'étaient plus respectés comme ils devraient l'être. Qu'un jour on verrait qu'ils avaient raison, mais que ce serait trop tard. Comme toutes ces maisons construites sur la dune et qui disparaîtraient un jour, emportées par la mer ou noyées sous le sable. Les anciens avaient dit qu'il ne fallait pas.

Qu'on ne construisait pas sur du sable. Même les blockhaus avaient fini par dégringoler de la dune.

« La mer était plus loin autrefois. Bien plus loin dans les terres. Et puis elle s'est retirée. Mais elle revient doucement et mangera tout petit à petit. Elle reprendra sa place d'avant, quand elle allait jusqu'à Sainte-Croix-du-Mont. Et c'est loin d'ici ! »

Il partit en maugréant :

« Mais bien sûr, on veut toujours être les plus forts. »

La jeune femme demanda au patron si elle pouvait déjeuner. Qu'elle était belle. Elle rappela à Marc quelques beautés Africaines à la peau lisse et fine qu'il avait connues au Sénégal. Sacré souvenir. Il pensa à son père. Lui aussi, dans ses escales, avait connu l'Afrique. Comme lui ? Il ne savait pas. Ce n'était pas le genre de conversation qu'ils avaient eue. Elle s'installa à côté de la cheminée, dans la petite salle du restaurant. Le petit garçon jouait avec la paille que lui avait donnée le patron pour boire son diabolo menthe. Mu par il ne sut quoi, Marc décida de déjeuner ici. Mentalement, il se trouva des excuses. Chez lui il n'y avait pas beaucoup de vivres. Il n'avait pas envie de cuisiner. En plus, il n'était pas fin cuisinier. Il s'assit une table plus loin que la jeune femme, contre la fenêtre. Décidément, elle était très belle. Son profil parfait la faisait ressembler à ces visages peints sur les murs des tombes de la vallée des rois en Égypte. À l'occasion d'un chantier, il avait séjourné quelques mois dans ce pays, et avait profité de ce séjour pour visiter ces monuments étonnants. Il souleva le rideau. La pluie giflait les vitres. Sur son vélo, une vieille dame offrait au crachin son visage, mal caché sous un foulard et zigzaguait sous l'averse. Elle allait être trempée.

« Il fait souvent ce temps de cochon par ici ? »

Marc regarda la jeune femme qui posait la question en le regardant. Il sourit. Répondit que l'hiver, parfois, était très humide. Ajouta que la tempête n'était pas tout à fait passée, et que ce temps était un temps de traîne. D'ici deux jours, ça irait mieux.

« Vous n'avez pas choisi la meilleure saison pour prendre des vacances, dit-il, d'habitude, les touristes, c'est au mois d'août.

— Je ne viens pas pour de longues vacances, mais quelques jours pour retrouver une amie. »

Marc s'étonna :

« Ici ?

— Oui. Elle doit arriver ce soir. Je suis en avance d'un jour, je me suis trompée de date. »

Parfois le hasard, pensa Marc. Il se trouva brusquement odieux. Alors qu'il pleurait encore la disparition d'Élisabeth de sa vie et qu'il espérait son retour, il n'hésitait pas à baratiner une autre fille ! Je ne suis qu'un salaud, se dit-il. Mais après tout, une conversation n'était pas un crime et n'engageait à rien.

L'océan était de couleur grise, comme les nuages qui déversaient leur trop-plein d'eau en abondance. Les rares passants, courbés sous la pluie, se dépêchaient de rentrer chez eux. Même les chiens, trempés comme des soupes, se croisaient sans perdre de temps, pressés de se mettre à l'abri. Cet après-midi, les rues du village seraient désertes.

« Et moi qui pensais aller poser les filets, dit le patron, je suis de retour. »

Le téléphone sonna. Il décrocha.

« Allô ? »

Il se tourna vers la salle :

« Y a-t-il une Djamila ici ? »

La jeune femme se leva :

« C'est moi.

— Téléphone. »

Elle se dirigea vers le comptoir. Avant, Marc n'avait pas remarqué sa démarche. Sublime. Une vraie beauté. En maillot de bain au mois d'août, elle aurait capté tous les regards. Au téléphone, elle répondit en souriant et revint s'asseoir.

« Bonne nouvelle j'espère », osa Marc.

L'Année des treize lunes

Djamila dit que oui. Sa copine allait arriver ce soir. Comme prévu. Au comptoir, en lui servant son café, le patron fit un clin d'œil à Marc.

« Tu remplaces déjà Élisabeth ? »

Marc se raidit. Pas du tout. Elle était bien ancrée dans son cœur. S'il avait fait la conversation à Djamila, c'était pour ne pas lui laisser penser qu'elle avait atterri dans un village d'attardés. Parce qu'ici, côté conversation, à part la chasse, la pêche ou les ragots, l'hiver, ce n'était pas l'Académie française. Ils livraient leurs commentaires sans fioritures. À cru. Entre hommes. Les femmes étaient réduites à la cuisine et au ménage. Elles étaient tellement bien habituées, qu'elles attendaient même qu'ils rentrent de l'apéro du midi pour commencer le repas. Le soir, par contre, elles mangeaient, car souvent les parties de belote finissaient après le *Soir 3*. Alors, côté dialogue, elles faisaient un peu bande à part.

*

* *

Martine avait préféré prendre le bus pour rejoindre Djamila. Elle aurait pu prendre sa voiture, mais elle voulait regarder le paysage. Elle n'était pas revenue au village depuis si longtemps. Jusqu'à Saint-Médard-en-Jalles, elle constata que les maisons avaient gagné du terrain. À la sortie, vers Picot, elle reconnut la forêt. Les pins bordaient la route. Quelques coupes, par-ci par-là, faisaient des trouées qui seraient bientôt replantées en arbres. Ici, le pin était roi. Et encore, il avait perdu de sa valeur. Quand elle était gamine, elle s'était demandé à quoi servaient ces entailles sur les troncs. Un jour qu'avec son père ils se promenaient en forêt du côté de la grande Escoure et qu'ils approchaient du lac, elle vit un étrange spectacle. Un homme, une espèce de hache à la main, taillait des copeaux à même l'arbre et fixait un petit pot au-dessous de la saignée. Elle avait dit, d'un air angoissé :

« Regarde le monsieur, papa, regarde, il coupe l'arbre ! »

Son père avait souri. Ils s'étaient approchés de l'homme.

« Alors Léo, on pique ? avait demandé son père.

— Tiens, monsieur Delhomme, on promène la petite ? »

Martine avait été surprise : son père connaissait ce personnage qui lui paraissait sauvage. Peut-être même dangereux. Avec son béret noir, sa veste noire et ses pantalons crasseux, il était inquiétant. L'instant d'inquiétude passé, voyant que les deux hommes semblaient bien se connaître, elle montra le pot du doigt.

« C'est quoi qui coule ? »

Ils avaient ri.

« Trempe ton doigt, tu vas voir. »

Elle avait trempé son doigt dans la résine, l'avait ressorti tout gluant et collant. Mais comme il sentait bon. En fermant les yeux, elle revoyait encore la scène, et cette odeur de résine lui venait toujours à l'esprit. Vers Sainte-Hélène, il lui sembla que son décor d'enfant était encore intact. Son père l'avait amenée ici un jour de foire, pour monter sur les manèges pendant qu'il achetait une tresse d'ail, qu'elle avait été fière de montrer à sa mère le soir en rentrant.

Aline, sa mère.

Elle ne venait jamais avec eux à la plage. « Elle ne supporte pas le climat, disait son père. L'air de la mer est trop fort. Il l'énerve et elle a les nerfs si fragiles. »

Martine ne comprenait pas comment l'air de la mer pouvait énerver quelqu'un. Surtout sa mère qu'elle trouvait plutôt calme. Martine pensait que le soleil ferait pourtant du bien à sa peau blanche. En y réfléchissant, les gens qui habitaient sur la côte n'avaient pas l'air d'être énervés. Mais bon, si c'était le souhait de sa mère, pourquoi pas. Du coup, le soir, en rentrant, Martine en avait bien pour une bonne heure à lui raconter sa journée. Que c'était bon ce temps où la micheline les emmenait vers l'océan. Son père, parfois, lui achetait un pain au lait ou une chocolatine à un marchand qui sillonnait la plage avec une panière en osier sur le ventre. « Chui là, chui là, » qu'il disait fort. C'était le signe de ralliement. Aussitôt les gamins accouraient avec leurs petites pièces à la main, en l'imitant : « Chui là, chui là. » Monsieur Ayache riait, se mettait à genoux dans le sable et vidait presque sa panière. Les enfants repartaient, leur trésor entre les doigts, pour le déguster tout à leur aise, face à la mer. Que de rêves ils avaient fait en regardant l'horizon. En imaginant le décor qu'ils ne voyaient pas.

Au Moutchic, la vue de l'étang lui attira des larmes d'émotion. Malgré la pluie, qu'il était beau niché au pied de la dune, secoué par des vagues courtes et grises. Un décor de mystère et de mélancolie. Bientôt quinze ans qu'elle n'était pas venue. Avec le décor, tous les jeux de sa jeunesse remontèrent d'un coup à sa mémoire. Ses amis aussi. Celui qui avait compté le plus, s'appelait Marc. Leurs cœurs s'étaient croisés un bout de temps. Il était adorable avec sa guitare. Toujours une mélodie en tête. Il voulait devenir chanteur, rien que ça ! Elle se souvint des feux de camp sur la plage, à la lumière des étoiles. Il était tellement timide qu'il n'avait pas osé la prendre dans ses bras. Elle avait osé. Elle apprécia ce souvenir.

Mais la vie en avait décidé autrement. La vie, enfin, elle ne savait pas trop. En tout cas les événements extérieurs. Le travail. Le sien. Celui de Marc. Elle était partie à Paris. Marc en avait été affecté. Elle avait su qu'il travaillait à l'étranger. Ce serait curieux de le revoir après tout ce temps. Il n'était sûrement pas là. Et puis elle ne venait pas pour ça.

En descendant du bus, Djamila l'attendait, parapluie à la main. Elles rejoignirent l'hôtel de la plage, courbées sous les rafales qui recommençaient.

V

Lorsqu'Élisabeth comprit que sa mère acceptait sa rupture avec Gérald, elle s'était confiée. Lui avait parlé de Marc. De sa personnalité. Elle raconta sa visite chez lui. Il était à cent lieues de son mode de vie et représentait ce qu'elle n'avait jamais osé être : simple. Naturelle. Sans calcul. Presque humble devant ce coin de côte où la nature n'en faisait qu'à sa tête. Il lui plaisait. Elle en était sûre : ce landescot était fait pour elle. Bien sûr, lorsqu'elle en parlerait à son père, il serait furieux. Pensez, un garçon qui ne savait rien de la vigne ni du vin, et dont la parenté descendait sûrement, comme la résine, d'un simple pin sylvestre ! Et encore, il n'y avait même plus de résine aujourd'hui. La forêt n'était plus ce qu'elle était. Élisabeth, intérieurement, se délectait du moment où elle lui annoncerait la nouvelle. Il serait fou de rage. Ne voudrait pas de ce mariage.

Aucune importance, elle s'en moquait. Elle irait se marier ailleurs. Hors des vignes. La ribeyrote épouserait le landescot dans sa forêt ! « Avec la bénédiction des écureuils », avait-elle dit en éclatant de rire.

Élisabeth avait raconté la villa à sa mère. L'océan à deux pas. Le calme des lieux. L'odeur des embruns. La gentillesse de Marc.

Ce cocktail titillait la curiosité de Colette. Elle sentit sa fille vraiment amoureuse. Et puis les embruns lui rappelaient de si bons souvenirs.

Élisabeth lui proposa de l'emmener visiter cette villa perchée sur la dune, à deux pas de l'océan, qu'elle trouvait magique.

Colette hésita, puis se dit qu'après tout, ça ne l'engageait à rien. Elle trouva même dans cette visite le moyen discret de désobéir à son mari. Après tout, depuis le temps qu'elle se pliait à ses caprices !

Jolie villa, pensa-t-elle, et parfaite pour un couple d'amoureux. Elle avait bien vu que sa fille, ici, était heureuse. Détendue dans cette simplicité qui la changeait des convenances habituelles. Ici, la vaisselle ne venait pas de Limoges, ni le cristal de Baccarat, mais ils sentaient bon le bonheur. Colette ne put s'empêcher de penser que pour être heureux, il suffisait de pas grand-chose. D'un sourire. D'un décor simple.

« Tout semble en harmonie chez vous », dit-elle.

Marc était persuadé qu'il fallait se contenter de vivre l'instant. Seulement l'instant.

« Nous ne maîtrisons pas le passé, nous ne savons pas si nous faisons partie de l'avenir. »

Colette frissonna. Elle n'avait pas maîtrisé son passé. Tant qu'à son avenir, il semblait dérisoire. Peu importe, le bonheur de sa fille lui rappelait celui qu'elle avait connu. Elle espérait qu'il se réaliserait, sa fille paraissait si heureuse, et elle espérait bien que son avenir ferait partie de celui de Marc.

« Vous prendrez un verre ? »

Elles firent oui de la tête.

Marc, adossé à la cheminée, s'était déplacé vers le petit bar pour les servir. C'est alors que Colette avait vu la photo sur la cheminée. Son étonnement fut total. Non, ce n'était pas possible. Ce bonheur qu'elle entrevoyait chez Marc et Élisabeth l'avait troublée. L'avait transportée vers le sien, autrefois, dans les vignes, le soir de la gerbaude. Ou sur l'herbe du bord de la rivière. Pourtant, elle était presque sûre de ce qu'elle voyait. Elle était hypnotisée par cette découverte. Elle avait fini par demander :

« La photo sur la cheminée, ce sont…

— Mes parents », répondit Marc.

Il n'y avait aucun doute, Colette connaissait l'homme qui se tenait aux côtés de la femme.

« Votre père a les cheveux bien blancs, dit-elle en souriant.

— Il n'a pas toujours été comme ça. Quand j'étais enfant, ses cheveux étaient noirs, et ses yeux marron m'impressionnaient. Il semblait si sévère, alors qu'il était si doux. »

Colette eut le sentiment qu'elle allait s'évanouir. Cet homme, le père de Marc, c'était son vendangeur. Ce brun à l'odeur d'embruns qu'elle avait aimé sans réserve. Elle fut bouleversée. Tout remonta à sa mémoire. Qu'elles avaient été belles ces vendanges. Qu'il avait été beau cet amour. Élisabeth se rendit compte de la pâleur soudaine de sa mère.

« Ça ne va pas, maman ? »

D'un geste, elle fit signe que ce n'était rien. La chaleur sans doute. Sur le chemin du retour, elle parla peu.

En arrivant chez elle, Colette s'était enfermée dans sa chambre. S'était effondrée sur le lit. Elle venait de retrouver l'homme des vendanges qui lui avait donné des automnes de feu. Cet homme au goût d'embruns. Au goût de sel. De liberté. Elle croyait l'avoir oublié. Sorti de son esprit. Depuis le temps ! Et l'amour de sa fille pour Marc lui avait fait le retrouver. Que le hasard était cruel.

En le reconnaissant sur la photo, elle comprit aussitôt qu'elle l'aimait encore. Elle s'en aperçut avec effroi. Avec plaisir. Quelle étrange sensation que de sentir son cœur léger comme au premier jour, mais malgré tout embrumé du souvenir douloureux. Elle s'était pourtant forgé un tas de certitudes. De raisons. Elle était bien dans sa propriété. Le bien-être feutré avait compensé l'amour. Enfin, elle l'avait cru jusqu'à cet instant où, découvrant la photo, elle avait compris que c'était faux. Que rien ne pouvait compenser l'amour et qu'elle n'avait jamais cessé de l'aimer. Mais pourquoi était-il parti ? Que s'était-il passé à cette époque ? Elle aurait fait le tour du monde avec lui. Comment allait-elle expliquer son trouble à Élisabeth, qui l'avait bien sûr remarqué ? Et qu'allait-elle faire, maintenant ? En un instant, elle se décida. Il fallait qu'elle sache. Peut-être même qu'il fallait qu'elle le rencontre. Qu'ils s'expliquent. Et puis soudain, elle douta. Il était marié. Il aimait une autre femme. Elle n'allait quand même pas débarquer comme ça dans sa vie, en lui demandant des comptes. C'était insensé. Personne n'oserait faire une telle chose. Non, c'était de la folie. Elle devait oublier qu'elle l'avait retrouvé. C'était bien mieux. Elle réfléchit un instant, mais décida de ne pas renoncer. Tant pis. Elle se ferait discrète. Ne briserait rien. Elle voulait simplement savoir pourquoi, un certain automne de 1943, il avait disparu sans laisser de trace. Elle le devait.

Pour cela, elle devait faire de sa fille une alliée. Ce ne serait pas trop dur. Elle comprit à cet instant qu'Élisabeth lui ressemblait. Comme elle, elle rêvait aussi de liberté. Comme elle, elle se sentait étriquée dans ce domaine. Étriquée dans ces manières de vivre en accord seulement avec une fichue règle, celle du paraître. Comme elle, elle eut une envie folle de tout bousculer. De tout rompre. Colette se demanda comment elle avait pu supporter tout cela aussi longtemps.

Au bout d'une heure pourtant, calmée de ses émotions, elle réalisa que tout ça était inutile. Elle ne pourrait jamais recommencer quelque chose de nouveau. C'était trop tard. Et puis elle ne souhaitait pas rendre son mari malheureux. Il ne le méritait pas. Elle avait bien été contente de le trouver. Il l'avait épousée très vite. Il l'avait fallu, pour éviter que les gens ne jasent. Colette avait apporté quelques pièces de vigne qui jouxtaient intelligemment celles des Mercier-Lachapelle. Édouard avait pris ces précieux rangs de vigne et avait fermé les yeux sur la grossesse de Colette. Paul était né sept mois après. Ils avaient joué les apeurés devant cet accouchement soi-disant prématuré, mais Paul devint un beau

garçon qu'Édouard aima comme s'il était le sien.
Maintenant il avait la fibre ribeyrote, alors que
sa propre fille semblait ne plus l'avoir. Il s'occupait de la vigne, tandis que son père s'occupait
du chai. « Tout bien réfléchi, c'était parfait, avait
pensé Colette, mais il serait temps que je pense
à moi. » Se posait pourtant un problème, allait-
elle dire à Élisabeth que Marc avait un demi-frère
dont elle était la mère ?

*

* *

Martine et Djamila entrèrent dans le hall
de l'hôtel de la plage. Le vent forçait et la nuit
serait agitée. L'océan était gros. Décidément, ces
treize lunes n'en finissaient pas de brouiller le
temps. Médard n'ira pas encore poser ses filets
demain, pensa Marc. Pourtant, une belle rouille,
annonciatrice de bancs de poissons, colorait
les vagues devant la plage centrale. Il pensa à
Médard, Gilou et les autres, quand, autrefois, ils
mettaient la pinasse à l'eau. Derrière les brisants
c'était facile, racontait Gilou, mais pour les passer, il fallait souquer dur. Tandis que les hommes
à terre commençaient à tirer le filet, la pinasse
faisait un grand tour au large et revenait vers la
terre ferme. Maintenant, c'était fini. Les pinasses

et leurs abris sur la dune avaient disparu. Les marins aussi. Seuls les souvenirs de grande pêche restaient. Ils accompagnaient les soirées d'hiver, et les vagues prenaient alors des dimensions improbables, avec des prises de brignes miraculeuses. C'est fou ce que le souvenir embellit les choses. Maintenant, les vieux posaient de temps en temps des filets à marée basse, accrochés à des piquets de fer plantés dans le sable. Ils laissaient la marée haute les recouvrir, et les récupéraient à marée basse. La pêche était bonne, ou pas bonne. Fichue marée. Restait malgré tout le plaisir de la cueillette. Médard avait raison : nous sommes un peuple de cueillette.

Marc allait repartir chez lui lorsqu'il avait vu rentrer les filles. Il fut abasourdi. C'était Martine qui était avec Djamila ? Il se frotta les yeux. Se dit qu'il rêvait. Elle le vit. Le fixa, surprise elle aussi.

« Marc ! ?

— Martine ! ? »

Marc était stupéfait. Martine était là, devant ses yeux ébahis. D'un coup, les souvenirs affluèrent. La chanson lui revint en mémoire : *Un jour l'hiver a chaviré le feu de bois qui nous chauffait.*

Cette chanson, c'était à cause d'elle. Ils en avaient fait des balades sur la plage. Des jeux dans les pins et sur les dunes. Lorsqu'elle venait avec son père, elle se réfugiait souvent chez Marc.

D'ailleurs, il s'était inquiété auprès de sa mère : pourquoi la maman de Martine ne venait jamais ? Sa mère lui avait dit que des raisons de santé lui interdisaient de venir respirer l'air de la mer. Et puis, des jeux de l'adolescence, ils étaient passés à des jeux d'adultes. Après quelques baisers volés sur les joues, leurs bouches s'étaient unies. Ils avaient gravé leurs prénoms dans une écorce d'arbre. S'étaient juré un amour éternel. Un jour, elle était « montée » à Paris et, peu à peu, avait cessé de donner de ses nouvelles. Le froid s'était installé dans le cœur de Marc : *Toutes les pages envolées, ont caché le soleil gaîté.*

Martine était contente de revoir Marc. Lui revint à l'esprit les balades en forêt de leur jeunesse. Les balades sur la plage à guetter le retour de Médard de la pêche, qui leur expliquait la mer. Ses marées. Le vent. Le sable et les pins. Une odeur de résine s'accrocha à sa mémoire. Elle revit la cabane faite de branches mortes et de fougères qui avait abrité leurs baisers d'adolescents. Elle revit la mousse douce qui leur avait servi de lit douillet.

« Médard va bien ? »

Marc fit oui de la tête. Il ne comprenait pas ce qu'elle faisait ici, en plein hiver, avec Djamila.

« Ah, tu connais déjà Djamila ? »

Djamila expliqua qu'à midi, il avait déjeuné à la table à côté et qu'ils avaient bavardé. Mais elle était à cent lieues de penser qu'il connaissait Martine.

À ce moment, la porte s'ouvrit et le vent s'engouffra dans l'hôtel.

« Peste soit de ce temps », dit Médard en entrant.

Il fut surpris en voyant Martine.

« Décidément, la marée nous gâte aujourd'hui. Deux arrivages. Et de qualité, ajouta-il en riant. Martine, ça fait plaisir de te revoir. »

Elle l'embrassa. Il s'étonna de la voir ici en hiver.

« Autrefois, tu préférais l'été. Tu n'aimes plus le soleil ? »

Elle répondit que si, mais parfois les circonstances font que l'on ne choisit pas sa saison pour faire certaines choses.

« Faire certaines choses ? Mon Dieu, que de mystère ! dit Médard en riant. Ajouté à la tempête, ça donne une curieuse ambiance à ton hôtel », dit-il au patron.

Dehors, la tempête semblait s'installer. La pluie frappait les carreaux. Ce soir, il n'y aurait pas besoin d'extinction des feux. Elle se ferait toute seule. Et de bonne heure.

Marc dormit peu. L'arrivée de Martine l'avait troublé. Que venait-elle faire ici, et pourquoi avec Djamila ? Et pour quelles raisons elles étaient venues en plein hiver ? Ça ne sentait pas la balade hivernale. Pas avec un gamin. Non. Médard avait vraiment raison. Cette fichue marée avait amené de drôles de choses. Le dieu de la mer s'amusait ?

Décidément, treize lunes ou pas, cette année était plutôt curieuse.

VI

POURTANT, elle avait bien commencé cette année. Élisabeth venait souvent chez Marc. Ils étaient heureux ensemble. La journée, quel que soit le temps, ils couraient sur la plage avec l'épagneul ; il avait adopté cette nouvelle maîtresse qui aimait jouer avec lui. À marée basse, après avoir couru sur le sable dur, ils s'asseyaient sur le haut de la dune, regardant le large, tandis que le chien aboyait aux kayocs qui s'envolaient lourdement en criant. Marc racontait ses voyages, les lieux où son travail l'avait amené. Il racontait les couleurs de ces ailleurs de rêve, où se bousculaient les touristes en mal d'exotisme. Un jour, Élisabeth lui avait demandé si ailleurs, malgré la couleur de l'eau, l'air sentait bon la résine et si les embruns étaient aussi salés qu'ici. Marc sourit. Comprit qu'elle commençait à aimer ce pays autant que lui. Il répondit que non.

« Même si c'est beau, ce n'est pas ici. »

Allez donc expliquer pourquoi on aime. Élie et Médard affirmaient qu'ils ne pourraient pas vivre ailleurs. Que sur cette côte, c'était le paradis. De toute façon, ils n'avaient, les uns et les autres, jamais envisagé de partir. Et même s'ils partaient, c'était pour mieux revenir. Trop de souvenirs les retenaient ici. Tout leur rappelait leur passé. Aussi petit soit-il. Les marées n'engloutissent rien, prétendait Élie. À ces mots, Médard baissait la tête et partait en maugréant. Il estimait que le passé, c'était le passé et rien de plus.

« Alors tu pourrais partir d'ici ? », avait demandé Marc.

Médard l'avait regardé en souriant :

« Moi, je suis comme un poisson, avait-il répondu, la marée m'est indispensable. Elle m'aide à respirer. »

Il avait tourné son regard vers le large et ajouté avec mélancolie :

« Ailleurs, les marées n'ont pas le même goût. »

Élisabeth avait fini par aimer ces dunes. Ce sable fuyant. Ces grépins qui tapissaient le sous-bois. Ces bourrasques qui semblaient vouloir tout détruire. Tout casser. Cette lutte incessante des éléments qui façonnaient le pays et les âmes, entre calme et tempête. Entre soleil et pluie. Elle avait aimé ce premier automne qu'elle avait vécu, réussissant à se partager entre vendanges et champignons ramassés dans les dunes. Là aussi, elle avait montré sa science, comme pour les dégustations de vin.

« Ce sont des tricholomes équestres », avait-elle dit en brandissant son panier bien rempli.

Médard avait éclaté de rire.

« Pas du tout, ce sont des *bidaoùs* ! »

Elle eut beau expliquer que c'était le nom scientifique, et qu'elle l'avait appris au lycée agricole, il répondit qu'ici, on disait les *bidaoùs* depuis la nuit des temps, et que c'était bien comme ça.

« D'ailleurs, ce nom d'ici chante bien mieux que le vôtre, avait-il répondu sur un ton qui n'admettait pas la critique. Je me demande même, si on l'appelait vraiment comme vous dites, si j'en mangerais. Ce nom savant, il fait champignon pas comestible.

— Vous êtes bien un landescot », avait-elle répondu à Médard.

C'est après sa visite avec sa mère que quelque chose avait changé. Dans les jours qui avaient suivi, Colette avait semblé lointaine. Élisabeth avait bien vu son malaise. Que s'était-il passé ce jour-là ? Elle avait questionné sa mère. Marc avait-il dit quelque chose de désagréable ? Il ne lui paraissait pas convenable ?

« Convenable, avait dit Colette en riant, mais ma chérie, tu sais ce que c'est qu'être convenable ? »

Étonnée, Élisabeth n'avait pas répondu. Sa mère l'avait habituée à plus de convenances. Lorsqu'elle n'était pas d'accord avec son mari, ce qui arrivait rarement, du moins en apparence, elle toussotait en le regardant, et ne réglait jamais la discorde devant eux.

« Être convenable, avait enchaîné sa mère, c'est plaire aux autres. Et les autres, avait-elle dit en tournant les talons, ils ne vivent pas ta vie. »

Élisabeth avait pris cette phrase comme un encouragement à son attitude, mais pourtant, elle avait senti chez sa mère une forme de rancœur. Elle décida d'en savoir davantage.

Marc non plus n'avait rien remarqué. La mère d'Élisabeth lui avait paru sympathique. Ouverte. Franche. Ce petit étourdissement qu'elle avait eu ? La chaleur sans doute. L'émotion, peut-être aussi, de découvrir sa fille aimant quelqu'un d'un autre monde que le sien.

« Elle aura senti ta véritable envie de vivre autre chose. Elle a peut-être compris que tu souhaitais quitter ce monde qui t'a façonnée d'une manière que tu n'aimes plus. Ça l'inquiète. »

Élisabeth s'était réfugiée contre l'épaule de Marc. Elle le trouvait rassurant. Protecteur. Il l'aimait fragile. Toute à lui.

Mais au fil des jours, il l'avait sentie fuyante. Son travail l'absorbait de plus en plus, disait-elle. Les vendanges arrivaient, et avec elles, le cortège des obligations professionnelles s'allongeait. Il fallait peser, attendre, laisser travailler le vin, mais avec une grande surveillance. Bientôt, les assemblages allaient commencer. Merlot, malbec, cabernet sauvignon, petit verdot allaient donner à ce nectar sa couleur, sa jupe, sa robe, son nez, duquel sortiraient des arômes de cassis, de framboise, de fruits mûrs. Une palette d'odeurs faite de sensations uniques.

« Un grand gourmet de la région disait : "Les saint-émilions sont du satin, les médocs sont du velours." »

Marc l'écoutait avec attention. Il sentait bien qu'elle adorait son métier. Elle s'adonnait à une alchimie qui la passionnait. Elle élaborait le vin, comme un jardinier fait éclore une nouvelle race de roses. Comme un parfumeur crée un nouveau parfum. Il se dit que c'était peut-être ça la supériorité des ribeyrots sur les landescots. La résine était plus facile à distiller ? Les bois plus faciles à élever ? Sans doute. C'était sûrement là, la différence de comportement. L'élégance contre la rusticité ? Non, les différences n'étaient pas aussi évidentes. Un matin dans les vignes avait-il la même odeur qu'un matin sur la plage ? Marc opta pour les odeurs salines. Décida qu'elles étaient porteuses d'horizons infinis. De rêves toujours renouvelés. La preuve, Élisabeth préférait le monde plus simple des gens de la côte. Elle le disait, mais Marc se demandait si elle le pensait toujours. Alors que se passait-il ? Peut-être que son père avait eu vent de leur liaison et qu'il faisait pression sur elle ? Et sa mère, quel était son comportement ?

Un soir où les vendanges tiraient à leur fin, Colette s'était aventurée vers le fleuve. Elle avait traversé le grand pré qui séparait les vignes de la Gironde. Cette terre en contrebas ne pouvait pas accueillir ces cépages qui faisaient la réputation des lieux, elle était trop humide. Seuls quelques chevaux l'occupaient et mangeaient consciencieusement l'herbe grasse. Les arbres s'agitaient doucement sous le vent venant du fleuve. Un bateau, poussé par la marée haute, naviguait vers Bordeaux. Au passage d'un héron regagnant son nid caché dans les roseaux, Colette leva les yeux. Plus loin, d'une cabane perchée au-dessus de l'eau, elle vit Fernand Lartigue remonter son carrelet. Elle fit quelques pas et s'assit sur l'herbe. Pas n'importe où. À l'endroit précis où, des années auparavant, elle s'était donnée à cet homme à la peau mate et aux cheveux noirs. Depuis qu'elle l'avait vu sur cette photo, il n'avait pas quitté son esprit. Chaque jour, chaque seconde, elle y avait pensé. Elle se demandait pourquoi cette disparition. Toujours pourquoi. Ils s'étaient pourtant dit leur amour. S'étaient promis une vie commune. Alors comment, du jour au lendemain, avait-il disparu ? Et s'il avait fui le travail obligatoire en Allemagne, il aurait pu le lui faire savoir et réapparaître ensuite. Elle l'aurait attendu. Il faut dire que lorsqu'elle s'était rendu compte qu'elle était enceinte, elle s'était affolée. Les gens auraient eu vite fait de la cataloguer, sans chercher à comprendre, au nombre de ces filles qui se donnaient au premier venu : des filles de mauvaises vies. Gaston Meyre, son père, vieux roublard, avait vu le manège et compris très vite la situation. Dans un premier temps, il avait hurlé. Sa mère avait pleuré toutes les larmes de son corps, sur l'honneur perdu de sa fille et sur la honte qui allait déshonorer sa famille. Le mariage s'imposait. Et vite. Marié tardivement, Gaston Meyre était au bout de sa carrière. Il allait cesser son activité et sa fille prendrait sa suite, mais voilà, elle n'était pas prête. Et encore moins maintenant. Jusqu'à ce jour, il espérait un mari pour sa fille. Maintenant, il devait lui en trouver un. Vite. Il ne le fallait pas très regardant, mais il fallait aussi que ce ne soit pas un marché de dupe. Un marché ! Ce mot le froissa un

L'Année des treize lunes

peu, mais pas longtemps, étant donné l'urgence de la situation. Il pensa même que, dans le fond, les circonstances pouvaient être intéressantes. Il trouverait bien quelqu'un appâté par ses terres. Ici, chaque rang de vigne valait qu'on s'y intéresse. Un rang, dix rangs de plus que le voisin, et l'avenir s'éclaircissait.

Gaston Meyre rencontra très vite le vieux Gaétan Mercier-Lachapelle, son voisin. Souhaitait-il acheter ses terres ? Après réflexion, oui, elles l'intéressaient, mais le vieux savait compter, et le prix demandé serait sûrement trop élevé. Gaston, lui, connaissait l'orgueil du patriarche. Il fallait discuter ferme, sans le froisser. Ils se retrouvèrent dans la fraîcheur de son chai autour d'une bouteille de 1928, année sublime entre toutes. Ce millésime voluptueux avait suscité l'enthousiasme, dès sa naissance, par sa précocité. Tous lui avaient trouvé du charme, de la douceur, et une richesse somptueuse. Mais enfin, pensa Gaétan, ce vieux grigou de Meyre, ne va quand même pas ouvrir cette merveille. Le voyant prendre son ouvre-bouteilles et l'enfoncer avec une grande attention dans le bouchon, il se dit que, hormis le prix, il devait se méfier de l'affaire.

« 1928, dit Gaétan Mercier-Lachapelle, cette année-là tous les vignobles ont été touchés par la grâce. À coup sûr, elle restera l'année du siècle.

76

— C'est vrai que les années d'après, et jusqu'à présent, on n'a guère fait mieux. »

Pourtant, le temps de 1928 n'avait pas été prometteur. Le printemps avait été glacial, mais août avait connu des chaleurs torrides, allant jusqu'à 39 degrés, ce qui avait compensé le froid de l'hiver. Le raisin avait pris dans ce soleil un maximum de qualité. Le moral s'était redressé avec les vendanges, car tous, aussitôt, comprirent l'excellence du vin à venir.

« Après l'arrivée ratée du franc Poincaré et sa pièce d'or à quatre sous, ce millésime nous a un peu revigorés », dit Gaétan.

Sûr que l'espoir de ce franc nouveau n'avait pas tenu ses promesses. La pièce d'or avait été dévaluée de presque quatre-vingts pour cent. Les deux patriarches avaient ainsi tout passé en revue, des choses importantes aux plus futiles, s'attendant l'un l'autre, ne voulant pas être le premier à avancer ses pièces. La partie d'échec s'avérait rude. Il s'agissait d'un sacré marché. Les terres des Meyre étaient excellentes, et la vigne y donnait bien. Ils faisaient un très bon vin. Avec les méthodes plus modernes des Mercier-Lachapelle, la production serait mise en valeur, et les bénéfices engrangés allaient être importants. Gaétan Mercier-Lachapelle souhaitait agrandir sa propriété. Il en rêvait depuis longtemps, mais pas à n'importe

L'Année des treize lunes

quel prix. Gaston, lui, savait où il voulait en venir.
Il remplit de nouveau les verres. Ils les tournèrent
doucement devant la bougie. La robe était belle.
Sa couleur rubis était charnelle. En silence, ils
portèrent leurs verres aux lèvres. Leurs bouches
recueillirent une gorgée de vin qu'ils firent tourner avec précaution dans le palais. Yeux fermés.
Les tannins, accentués par le bois de la barrique,
fabriquée dans des pièces de chênes centenaires,
ressortaient, puissants. Ils l'avalèrent. Fermèrent
les yeux en souriant. C'est le moment que choisit
Gaston pour parler. Il dit d'une seule traite :

« Je donne ma fille en mariage à ton fils. Avec
la pièce de vigne comme partie de sa dot. »

Gaétan n'ouvrit pas les yeux tout de suite. Après
avoir avalé la gorgée de vin, il avalait la nouvelle.
Elle était sévère celle-là ! Gaston donnait sa fille ?
Et pourquoi donc ? Gaston fut d'une netteté abso-
lue. Sa réponse fut brutale :

« Elle est enceinte. »

Gaétan se demanda s'il ne rêvait pas. Le marché
était étonnant, mais correct. Bien sûr, l'amour en
prenait un sérieux coup, mais bon, il est des circonstances où l'amour devient accessoire, non ?
Il pensa que Gaston Meyre était quand même un
sacré roublard.

Après un long moment de silence, que se garda
bien de rompre Gaston, il répondit :

« Je suis d'accord.

— Et ton fils, rétorqua Gaston, tu ne lui demandes pas son avis ? »

Le vieux Mercier-Lachapelle trancha.

« Édouard fera ce que je lui dirai. Ne t'en fais pas, il m'a toujours obéi. »

Gaston reprit la bouteille de 1928, remplit de nouveau les verres. Gaétan Mercier-Lachapelle trouva au vin un goût encore plus exquis qu'une heure avant. Gaston Meyre aussi.

La noce fut belle et le vin coula à flot. Tout était arrangé. Tout, sauf le cœur de Colette. Elle pleura. Tous dirent que c'était l'émotion. Elle savait que non.

Maintenant, sur le bord de la rivière, en pensant à tout cela, elle laissa couler ses larmes. Elle n'entendit pas Élisabeth arriver.

« Maman ? »

Surprise, elle cacha son visage. Élisabeth comprit qu'elle pleurait.

« Mais maman…, qu'est-ce qui se passe ? »

Colette n'avait pas d'autre issue que d'expliquer à sa fille. Après un moment de silence, elle se décida à parler. Il le fallait. De toute façon, elle ne pouvait pas garder pour elle le trouble de sa découverte. Elle raconta cet amour qui avait disparu sans donner d'explication. Elle dit aussi que Paul n'était que son demi-frère. Élisabeth était abasourdie. Comment sa mère pleurait encore cet amour ?

« Tu l'as revu ? »

Dans un souffle, gênée, Colette répondit que oui.

« Où ça ? »

Colette regarda sa fille presque avec douleur. Elle savait que cette révélation allait la bouleverser. La rendre malheureuse. La détruire peut-être. Elle hésita. Se dit que cette histoire devenait folle. Qu'elle allait sûrement démolir les rêves de sa fille. Elle avait été malheureuse, mais elle n'avait pas le droit de faire du mal à sa fille. Élisabeth insista :

« Alors maman ? »

Avec une voix blanche, elle répondit :

« Sur une photo chez Marc. Je crois que c'est son père. »

Élisabeth reçut la nouvelle comme un coup de poignard en plein cœur. Elle vacilla sous la nouvelle. Si Marc était le fils de cet homme, alors il était qui pour elle ? Sa mère la rassura, entre elle et Marc, il n'existait aucun lien. Par contre, si c'était bien le père de Marc qu'elle avait reconnu, Paul était son demi-frère. Tout tourna dans la tête d'Élisabeth. Il lui sembla tout perdre. Cette révélation lui parut si effroyable, si énorme, que la tête se mit à lui tourner. C'était un cauchemar et elle allait sûrement se réveiller. Elle en voulut à sa mère. La détesta. La méprisa. Une idée douloureuse s'imposa : pourrait-elle continuer à voir Marc ? Pas pour l'instant. Elle devait digérer la nouvelle. Les vendanges lui donnaient du travail, l'excuse serait parfaite.

Elle se leva et partit en courant s'enfermer dans sa chambre.

Marc avait souffert de cet éloignement. Il s'était renfermé sur lui-même. Avait essayé de faire le point. Élisabeth ne lui avait pas vraiment dit qu'elle ne voulait plus le voir. Elle avait simplement évoqué le dur travail des vendanges. Le temps qui lui manquait pour le rencontrer. Au téléphone, il lui avait proposé de venir la voir dans ses vignes, il connaîtrait mieux ainsi ce qu'elle faisait. Elle avait répondu, sur un ton qui se voulait ironique, qu'un landescot n'avait pas sa place au milieu des vendanges. Marc avait bien senti que l'ironie était forcée. Que le ton n'y était pas. Il posa la question :

« C'est ton père ? »

Elle répondit que non. Que c'était seulement le travail, et qu'elle viendrait plus tard. Elle laissa échapper qu'il fallait lui laisser un peu de temps. Cette phrase avait inquiété Marc. On ne laissait du temps qu'à ceux qui voulaient réfléchir. Donc, elle avait besoin de réfléchir ? Et pour quelles raisons ? Lorsqu'il avait raccroché, il était resté un long moment à regarder l'océan. À l'horizon, les nuages s'amoncelaient. Il y avait vu un curieux présage. Dans sa vie aussi, il voyait arriver les nuages. L'automne allait être difficile et la pensée de l'hiver à venir le fit frissonner. Pourtant, depuis presque un an, comme ces nuages lui semblaient loin. Il pensa à la chanson. Une fois de plus, les pages commençaient à s'envoler et le soleil gaîté allait être caché. Décidément, les paroles écrites alors, collaient une fois de plus à la situation. Mais bon sang, quand pourrait-il écrire une chanson de joie ? Il n'eut plus envie de regarder la mer. Il monta dans sa voiture et se dirigea vers l'étang. Son chien, heureux de la balade, jappait d'impatience. Il fit à petite vitesse les quelques kilomètres qui le séparaient du Moutchic. Il avait vraiment la tête ailleurs. Entre deux virages, une voiture le doubla en klaxonnant. Le chauffeur lui fit comprendre qu'il se traînait et gênait les autres. Indifférent, Marc sourit. Il dépassa le Moutchic, le petit Moutchic, les Baïnasses, préférant aller plus loin. Il gara sa vieille 4L sur le chemin qui longeait le canal. Une odeur de cèpes qui cuisaient venait de l'auberge située sur l'autre rive. Il pensa que Marguerite allait encore régaler ses clients. Adolescent, avec

L'Année des treize lunes

ses parents, ils étaient venus déjeuner ici un jour de concours de pêche. Au casse-croûte du matin, Georges, son père, avait fait honneur à l'assiette de tripotes qui faisaient la réputation de la maison. On venait de loin pour les déguster. Le midi, ils avaient savouré une soupe de poissons de l'étang, et s'étaient régalés d'un brochet au vin blanc qui avait dû mariner toute la nuit précédente. Tandis qu'il avait péché, sous l'œil attentif de sa mère, son père avait fait une sieste sous les platanes.

Il se dirigea vers l'embouchure du canal. Il dut rappeler son épagneul qui furetait partout et voulait entrer dans le marais, obéissant à son instinct de chasseur. Au bout du chemin de sable, le canal s'ouvrait sur l'étang. La pointe du Tedey, à droite, s'avançait dans les eaux calmes et sans rides. L'étang était pelotonné au pied des dunes, à l'abri du vent d'ouest. Au loin, les îles de Pitray semblaient si proches qu'on aurait pu les toucher. « Lorsque les distances sur l'étang semblent raccourcies parce que la lumière est claire et sans aucune brume, lui avait dit une fois Élie, c'est que le temps va changer. Et pas en bien. »

Décidément, quel que soit le côté, océan ou étang, l'optimisme n'était pas au rendez-vous. Au bout du chemin de terre qui longeait le canal, il prit à gauche, vers un poujeau entouré de sable blanc. Il se rappela que Charles, un ami de son père, avait trouvé ici même des pointes de flèches et des silex taillés, preuve que des villages lacustres s'étaient établis ici, plusieurs milliers d'années auparavant. Sur ce poujeau, des chasseurs avaient construit une tonne. Ils y passaient des nuits à l'abri du froid, à guetter le gibier de passage, dans le grand silence des lieux. Plus loin, d'autres avaient préparé un endroit pour installer des pantes, ces filets pour la chasse aux alouettes. Tout d'un coup, son épagneul se mit à l'arrêt. Une paire de bécassines s'envola en zigzaguant. Ventre à terre, il les suivit. Pour rien. Marc se dit qu'il devait amener Élisabeth dans ce lieu paisible. Les landescots avaient aussi quelque chose à montrer. Des odeurs tièdes de marais aux odeurs fines de résine, cela valait bien des rangs de vigne, non ? Bien sûr, il ne restait plus aujourd'hui que des gemmeurs de folklore que l'on montrait aux touristes, comme des vieilles pierres, mais ils avaient tellement de choses à raconter sur cette forêt qui avait nourri des générations entières. Cette forêt qui avait sorti le pays du marais qui l'engloutissait. De ces marais qui le tuaient avec les fièvres. Il y en avait eu des usines de distillation qui avaient embaumé l'air. Il y en avait eu des plateaux où séchait au soleil la colophane, du côté du quartier de l'alambic, ou dans les près de Marian. La forêt, alors, embaumait la résine à plein nez. L'air était pur. Si pur qu'ici, grâce à lui, on avait soigné des gens de la tuberculose. L'établissement de soins avait remplacé des militaires américains. Si ce n'était pas de la noblesse, alors c'était quoi ? On avait vu des choses comme ça dans les vignes ? Hein ? Il se rendit compte que le chagrin l'envahissait. Ses pensées dépassaient sa raison. Il se sentit ridicule. Bon sang, comme Élisabeth lui manquait. Il fallait qu'il sache. Il fallait qu'il comprenne.

Il prit une résolution. Ferme. Dans la semaine, il irait la voir. Le père Mercier-Lachapelle ne le chasserait quand même pas.

Il se retourna une dernière fois avant de monter dans sa voiture. Le soleil disparaissait à moitié derrière les dunes de Carrère. Un rai de lumière caressa la conche du Tedey avec douceur. Marc crut y voir un signe d'espoir.

L'allée qui conduisait au château était bordée de cyprès. En fait de château, c'était une grosse maison bourgeoise qui trônait sur un promontoire au milieu des vignes. Avec le lierre qui envahissait deux pans de mur, Marc trouva qu'elle avait une allure anglaise. Il n'avait pas annoncé sa visite, pour éviter d'essuyer un refus. Dans les vignes, les feuilles avaient pris les teintes de l'automne. Il trouva le décor agréable. Au loin, on devinait le fleuve. Un halo de brume bleuissait les coteaux de Blaye, situés en face. Les arbres, dégarnis de leurs feuilles, laissaient apparaître le Fort Pâté, charnière solitaire entre la forteresse de Blaye et de Cussac Fort Médoc. Il semblait un navire abandonné, ne servant que de souvenir à un passé lointain d'un pays qui craignait l'envahisseur. Vauban avait bien protégé Bordeaux. Marc se dit que les ribeyrots avaient un beau pays eux aussi. Sur le côté de la maison, une longue série de bâtiments abritait les chais et les dépendances. Marc gara sa voiture. Un homme vint vers lui. Marc lui demanda si Élisabeth était là. L'homme tendit le bras en direction de la maison, où un panneau indiquait les bureaux. À pas lents, il se dirigea vers eux. Frappa au carreau. Un « entrez » puissant, répondit au coup frappé. La pièce était vide et donnait sur une autre.

« Ici », dit une voix.

Il avança. Derrière un bureau se tenait un homme encore jeune. Il leva la tête :

« Pardon, je croyais que c'était mon maître de chai. »

Marc s'excusa. Se présenta :

« Je suis Marc Arnaud, un ami d'Élisabeth. Je passais par hasard, et je me suis dit que je pourrais lui dire un petit bonjour.

L'Année des treize lunes

— Je suis Paul, son frère, dit-il en tendant la
main, mais ma sœur est absente. Elle est en ville.
— À Bordeaux ? »
Paul rit. La ville, pour eux, c'était plutôt
Pauillac.
« Bordeaux sent trop les fumées d'échappe-
ment, et ma sœur a le nez trop sensible, ajouta-
t-il en riant. Elle prétend que ces odeurs gâtent
les qualités olfactives dont elle a besoin pour les
assemblages. »
Paul parut sympathique à Marc. Ses cheveux
bruns et longs encadraient un visage rieur. Paul
regarda Marc en souriant.
« Vous êtes le landescot, je me trompe ? »
Marc confirma. Il ne se trompait pas. Le
landescot osait une incursion chez les ribeyrots,
et il espérait qu'il ne se ferait pas chasser à coups
de fouet. Paul éclata de rire.
« Je me doute ce que vous a dit ma petite
sœur. Elle est tellement fière de ses racines, que
je ne comprends pas comment elle a pu accepter de vous parler. Moi, ça m'est bien égal, d'autant que j'ai un faible pour la côte atlantique.
J'aime bien le vent. Au moins, sur la côte, il ne
sent pas le marais comme parfois ici. »
Une voix résonna dans la pièce à côté :

« Le marais sent bon, Paul, c'est toi qui lui trouves une mauvaise odeur. Tu n'as pas le nez de ta sœur. »

Paul rétorqua d'une manière assez brutale :

« Je sais, papa, je sais. Heureusement que c'est Élisabeth qui s'occupe des assemblages. Moi, la vendange et le traitement de la vigne me suffisent, c'est bien ça ? »

Le père de Paul entra dans la pièce.

« Je ne sais pas, monsieur que je ne connais pas, si vous avez des conflits de générations avec votre père, mais ici, c'est permanent, mais on finit par s'y faire. Ils deviennent même le sel de mes journées. »

Non, Marc n'avait pas de conflit. Avec ses parents, tout allait bien. Il s'excusa d'avoir dérangé.

« Lorsqu'Élisabeth rentrera, vous lui transmettrez mon bonjour. Elle pourra m'appeler si elle veut, elle a mes coordonnées. »

Il regagna sa voiture.

En tournant, il aperçut dans le rétroviseur Colette Mercier-Lachapelle qui le regardait partir. Elle savait donc qu'il était là. Pourquoi ne s'était-elle pas montrée, alors qu'elle le connaissait ? Élisabeth était vraiment absente ? Il eut le sentiment que quelque chose lui échappait. Il regretta presque cette visite qui lui laissa un goût amer.

VII

Médard était sur la plage. Son ciré le protégeait de la pluie, mais le vent projetait des
gouttes sur son visage. On aurait dit des larmes
qui coulaient sur ses joues. Il pestait contre la
marée de cette nuit, qui lui avait déchiré un morceau de filet. Son tramail était troué sur plus
de deux mètres. En le ramassant, il pensa aux
pêches d'autrefois, lorsqu'il tirait le traïnot avec
Nelson. « Un jour, lui avait-il dit, je t'embarquerai
sur la pinasse. » Quelque temps plus tard, Nelson
avait tenu sa promesse. Médard avait ressenti
une réelle fierté. Depuis le temps qu'il en rêvait !
Malgré sa joie, la peur lui serrait un peu le ventre.
Mais bon, il n'allait quand même pas jouer à l'enfant. À quinze ans, il était presque un homme,
non ? Avec les autres pêcheurs, ils avaient tiré la
pinasse depuis son abri sur la dune jusque dans
l'eau, et Nelson l'avait fait embarquer. Le plus dur,

c'était de passer les brisants, et les sept rameurs, même s'ils souquaient ferme, transpiraient comme des outres. La pinasse roulait, tanguait sous les assauts de la houle. Médard, assis sur le filet posé au fond du bateau, s'accrochait. Il voulait jouer les hommes. Les vrais. Il ne montrerait pas sa peur. Une fois les brisants traversés, la mer s'était stabilisée. La pêche allait pouvoir commencer. Médard regardait attentivement l'homme de terre. Il pistait les reflets des brignes dans les vagues, ou la masse compacte des mules. Ceux-là ne brillaient pas sous la vague et se repéraient moins vite. Au signe qu'il avait fait avec son béret, ils avaient jeté le filet et déroulé ses deux cent trente mètres, vite avalés par les vagues, puis ils avaient commencé à revenir vers le rivage en faisant un long cercle au large. Par le bout jeté à la côte, ceux de la terre tiraient de toutes leurs forces. Les brignes, magnifiques, sautaient pour échapper au piège des mailles, mais rien n'y avait fait. Ah, il s'en rappelait de cette pêche ! La plus belle de sa vie.

Mais aujourd'hui, quelle catastrophe. Trois malheureux poissons s'étaient pris dans la partie restante de son tramail. Depuis le mois de septembre, où il avait recommencé à poser les filets, il n'avait pas réussi à faire de belles prises.

« Foutue marée, grommela-t-il, en plus, elle m'a tordu deux piquets. »

Il regretta d'avoir, malgré le temps, posé les filets. Il était comme ça, il ne pouvait jamais rien faire comme les autres. Déjà tout môme, à l'école ou dans ses jeux avec ses copains, il ne faisait rien de commun. Pour prouver quoi, il ne le savait même pas. Il fouinait partout et connaissait tous les coins de forêt autour de l'étang, ou dans les dunes. Le moindre marais, le moindre creux de dune n'avait pas de secret pour lui. Il faut dire qu'il avait eu un bon maître. Le vieux Léonce, qui s'était pris de sympathie pour ce petit-neveu, lui avait appris l'art de la chasse.Enfin de la chasse, de sa chasse à lui, la vraie, disait-il, celle où le fusil n'était pas indispensable. D'abord, pour acheter un fusil, il fallait de l'argent, et son père n'en avait pas assez. Peu importe, au bout de peu de temps, les lapins ne manquaient pas à la maison. À chaque fois qu'il ramenait du gibier, sa mère hurlait. Qu'est-ce qu'il ferait si les gardes l'attrapaient ? Et la prison, il y avait pensé ? Rien, il ne serait jamais rien qu'un voyou, se lamentait-elle en pleurant. Seulement, sous l'Occupation, elle avait été bien contente de l'avoir ce voyou qui lui ramenait quelques lapins pour améliorer l'ordinaire. Elle était bien contente de pouvoir acheter quelques bricoles au marché noir avec l'argent que lui rapportaient ses prises. Tout le village était client. Après la guerre, il avait fallu qu'il travaille plus sérieusement. La forêt ne créait plus d'emploi, alors il était parti chercher du travail à Bordeaux. Sur les quais, la dure vie de docker ne lui avait pas fait peur. Au contraire. Les plus costauds s'opposaient dans un défi permanent, et il aimait ça. Il ne s'était jamais marié. « Mes seules passions sont la mer et la forêt. Avec une femme, je serais moins libre », disait-il en se moquant de ses copains mariés. Pourtant, il se racontait dans le village qu'il avait aimé une femme comme un fou. On disait que cet amour s'était arrêté brusquement un jour de juillet 1943, où on avait retrouvé le corps d'une jeune fille morte en forêt, son vélo à côté d'elle. Il paraît que Médard l'attendait dans un creux de dune. Elle n'y était jamais arrivée, trouvant en chemin la mort, après avoir été violée par deux soldats allemands. On disait aussi que la petite croix de bois placée à l'endroit du crime, sous les pins entre deux dunes, était fleurie régulièrement. Par Médard sans doute, disait-on avec respect. Mais personne n'avait jamais vraiment su. Aux obsèques de la jeune fille, on ne l'avait pas vu, alors ce n'était peut-être qu'un de ces bruits qui avaient l'habitude de courir dans les villages. C'est tout.

Maintenant à la retraite, Médard passait ses journées sur la plage à fouiner, et à la saison, à chercher des champignons dans les dunes, ou des cèpes en forêt. Heureux. Enfin, c'est ce qu'on pensait au village. Alors aujourd'hui où la mer lui avait pris une partie de ses filets, il était furieux. Il pensa aux treize lunes et cracha sur le sable, comme pour conjurer le sort qui semblait s'acharner sur la côte.

« Foutues treize lunes ! »

*
* *

Martine avait mal dormi. Elle avait perdu l'habitude du bruit des vagues et de la tempête. Malgré cela, quand elle avait ouvert les volets de sa chambre, le spectacle de l'océan agité l'avait enchantée. Il se mélangeait presque au gris du ciel. La pluie tombait en fines gouttes, et semblait s'installer encore aujourd'hui. Le vide de la rue collait très bien avec le décor. Elle ouvrit la fenêtre, fit le plein d'embruns iodés. Cette odeur la ramena loin en arrière. Lui rappela ses courtes vacances avec son père. Lui rappela ses jeux d'enfants avec Marc. Leurs jeux d'adolescents. Cette mère qui ne venait pas, ce qui excitait la curiosité de Marc qui ne comprenait pas qu'une maman ne partage pas les vacances de sa fille. Une larme coula sur sa joue. Qu'elle l'avait aimé cette mère fragile qui ne supportait pas l'air de la mer, mais qui n'avait jamais voulu priver sa fille des joies de la plage. Elle acceptait de la laisser partir avec son père. Pour son bien. Qu'elle devait s'ennuyer toute seule en ville, pendant que sa fille courait sur le sable dur. Elle s'était éteinte l'an dernier, en quelques semaines. Tout doucement. Comme si cet air, dont elle s'était plaint toute sa vie, lui avait fait défaut, jour après jour, heure après heure. Son père avait pleuré toutes les larmes de son corps. Il l'avait aimée comme elle était. Martine n'avait jamais entendu de disputes entre ses parents. Elle avait très vite compris qu'il renoncerait à tout. Il ne sortit plus. Perdit de ses couleurs rapidement. Un jour, il décida de ne plus quitter sa robe de chambre, renonçant même à faire le tour du pâté de maisons, qui était pourtant sa seule distraction. Un matin, elle le trouva endormi, le sourire aux lèvres, une photo de sa femme entre les mains. Il était parti la rejoindre. Martine fut bouleversée, mais comprit qu'il était mort heureux. Dans cette nouvelle épreuve, l'amitié de Djamila lui avait été précieuse. Elle l'avait connue en faculté de droit. Elle était venue de son Sénégal natal pour terminer ses études.

Martine commençait à faire son deuil, lorsqu'elle avait trouvé le porte-documents. Au milieu de quelques papiers sans importance, un petit cahier jaune fané l'avait intriguée. Elle reconnut sans peine l'écriture soignée de sa mère. Elle comprit que c'était un journal intime. Elle le referma vite. N'osa pas le lire toute de suite, de peur d'entrer dans une intimité qui ne la regardait pas. C'était les secrets de sa mère et elle ne souhaitait pas forcément les connaître. Elle l'avait posé sur son bureau et le regardait souvent. Sans l'ouvrir. Comme pour ne pas troubler le dernier sommeil de sa mère. Comme pour lui laisser cette part d'elle-même qu'elle avait écrite, jour après jour, avec application. Elle le caressait du bout des doigts. Avec respect. Elle-même avait écrit, autrefois, un journal intime, comme toutes les jeunes filles de son âge. Mais elle avait cessé, estimant désuet cet exercice quotidien qui ne servait que d'exutoire à des sentiments d'adolescente. Elle n'aurait jamais pu écrire ainsi toute une vie. Quelle force avait permis à sa mère de le continuer ainsi ? Quel intérêt l'avait incitée à poursuivre, jour après jour, cette écriture personnelle ? Et dans quel but ? Martine n'aurait de réponse à ses questions que le jour où elle déciderait de rompre l'obstacle de la pudeur, qui l'empêchait d'ouvrir ce cahier délavé par le temps. Martine n'aurait de réponse que le jour où elle serait capable d'ouvrir les secrets de sa mère. Que la décision était dure à prendre. Partagée entre la curiosité, le respect et la crainte de la découverte, Martine laissait le temps s'écouler sans pouvoir se décider. Si je le fais, pensait-elle, j'aurai le sentiment de violer la mémoire de ma mère, et je n'en ai pas le droit. Il lui fallut beaucoup de temps. Un jour, pourtant, elle osa. Ce fut un déchirement. En un instant elle comprit toute une vie de silence. D'absence. De résignation. Elle eut devant elle le spectacle affligeant d'une mère qui avait vécu avec un lourd passé. Très lourd. Qui avait connu un vrai tourment et l'avait vécu en solitaire. Martine comprit que même son père n'en avait jamais rien su. Elle réalisa pourquoi sa mère n'était jamais venue sur cette côte qu'elle avait pourtant beaucoup aimée. Le climat n'y était pour rien. Les nerfs non plus. Après un temps de réflexion, sa décision fut prise. Elle devait comprendre. Elle devait savoir ce qui s'était passé. Pour cela, un seul moyen, aller sur place.

Elle ferma les vitres de la chambre et contempla l'océan. En venant chercher une explication, elle ne pensait pas trouver son amour de jeunesse. Marc est toujours aussi beau, pensa-t-elle. Elle se demanda s'il était seul. Après lui, elle avait connu quelques aventures sans suite. Elle n'arrivait pas à s'attacher vraiment.

Au fil des heures, la pluie ne cessa de tomber. Elle s'était installée dans le décor. Les rues étaient vides. Désertes. Seuls quelques courageux affrontaient le mauvais temps. Sûrement par obligation. Il fallait bien aller chercher le pain. Il faisait presque sombre, et les lampadaires de l'éclairage public, qui, à cette époque de l'année, s'allumaient automatiquement vers dix-sept heures trente, s'étaient allumés en début d'après-midi. Ils faisaient un halo qui perçait la bourrasque. Lorsque la porte du bar de l'hôtel s'ouvrait, poussée par un client, elle laissait entrer le vent, qui miaulait un instant. Ils étaient quelques-uns, assis autour d'une table, à tuer le temps en jouant aux cartes. Sans conviction. Mais bon, ils n'allaient quand même pas rentrer chez eux au milieu de l'après-midi. « Nous avons une réputation à tenir », avait dit Élie en riant. Assises à une table, Martine et Djamila buvaient un thé fumant, tandis que le petit garçon de cette dernière jouait au flipper, debout sur une chaise, pour être à la hauteur des boutons-poussoirs. Il s'en donnait à cœur joie et faisait claquer les taquets avec force. De temps en temps, les joueurs de cartes le regardaient en fronçant les sourcils. Sa mère s'en aperçut.

« Moins fort, Jojo, dit-elle, tu déranges ces messieurs. »

Médard leva les yeux vers elle.

« Il vous ennuie, non ?

— Pas du tout, dit-il, il faut bien qu'il s'amuse, et avec ce temps, que faire d'autre ? Ce qui me surprend, c'est son prénom : Jojo, je ne m'attendais pas à ça. »

Djamila sourit.

« Vous espériez un prénom plus africain sans doute ?

— Ben... oui.

— Et du genre ?

— Je ne sais pas, Mamadou, ou quelque chose comme ça. »

Djamila sembla se refermer. Elle regarda son fils avec tendresse. Sans s'occuper des conversations, il continuait de jouer avec force. Dans un filet de voix, elle dit qu'en France, pour mieux s'intégrer, il valait mieux avoir un prénom facile à porter. Elle savait ce qu'elle disait, parce que le sien lui avait causé quelques difficultés.

« Heureusement que j'ai rencontré Martine, sinon... »

Elle laissa les curieux sur leur faim. Ils avaient posé les cartes sur la table, s'étaient tournés vers elles. À leur regard inquisiteur, Martine conclut pour elle :

« Sinon, elle serait dans la rue et n'aurait pas de travail, tout ça parce qu'elle est noire et a un enfant sur les bras. »

Médard leva les bras au ciel, dit que c'était la vie et que chacun avait sa croix à porter. Couleur de peau, religion ou autre chose. À ces mots, Martine sembla se figer. Comme si la phrase de Médard la contrariait.

« Autre chose ? », demanda-t-elle.

Pierre, le patron, derrière son bar, essuyait les verres lentement. Il cillait des yeux à cause de la fumée de la cigarette qu'il avait gardée au coin des lèvres. Il se dit à cet instant que cette jeune femme n'était pas là pour rien. Sa question, au demeurant banale, lui paraissait chargée de sens. Mais de quoi voulait-elle parler, il n'en avait aucune idée. L'atmosphère lui parut soudain lourde. La tempête qui n'en finissait pas sans doute. Et cette pluie qui empêchait le quotidien de se réaliser. Qui empêchait les gens d'aller et venir à leur guise. La journée allait se passer dans la grisaille, avec ces quelques clients. Ils étaient là depuis ce matin à jouer aux cartes. D'habitude, ils ne venaient que le soir. Mais avec ce temps, que faire d'autre, sinon attendre que ça passe.

Après la question de Martine, le silence s'installa dans le bar. Presque gênant. En tout cas curieux. Personne ne lui répondit. Médard leva simplement les bras, comme pour dire « Va savoir ».

C'est à ce moment que Marc poussa la porte. Tous les regards se portèrent vers lui. Il entra comme poussé par le vent qui forçait de plus en plus. Il rabaissa le col de son imper qu'il avait remonté pour se protéger de la tourmente.

« Quel temps ! », dit-il en maugréant.

Seul, le silence de la pièce lui répondit. D'habitude, tous papotaient à qui mieux mieux. Il porta un regard circulaire sur tous. Leur demanda si la tempête leur avait coupé la voix.

« La tempête non, dit Médard, mais tu sais, quand il y a des femmes dans le bar, on parle moins. »

Ah, ces conversations d'hommes ! Parfois, elles n'étaient pas à mettre entre toutes les oreilles, pensait le patron. À certains moments, lui-même était gêné de les entendre. Elles démarraient toutes par une réflexion de pas grand-chose, pour prendre des proportions à la limite de la décence. Il n'y manquait rien, ni les sous-entendus, ni les sourires de connivence, ni les silences perfides. Ils s'en rendaient bien compte, eux qui disaient volontiers que les femmes étaient mauvaises langues. Alors, lorsqu'ils sentaient qu'ils étaient allés un peu trop loin dans la médisance, pour se dédouaner, ils partaient dans un grand éclat de rire. Comme pour dire non, nous n'avons pas médit des autres, nous avons seulement grossi les propos. Pour rire. « Ce n'est pas dangereux, les paroles s'envolent, affirmait Médard. — Oui, mais parfois, avant de disparaître, elles cognent contre les murs avec une telle force qu'il en reste toujours quelque chose de mauvais », disait Gabriel.

Gabriel, c'était le sage de la bande. Il ne jugeait jamais. Sa vie passée à gemmer les pins en avait fait un solitaire. Tous les jours dans la forêt, où il avait appris que le silence s'écoutait, il avait tout appris de la nature. Des saisons aux tempêtes, en passant par les sécheresses ou les excès de pluie, il avait tout subi sur son dos, au fil de ces petits chemins, les menées, qui le conduisaient de pin en pin, par n'importe quel temps, pour récolter la résine. À la retraite, il était, comme il disait, entré en civilisation, mais il précisait que celle qu'il avait quittée, était plus vraie que celle sur laquelle il devait compter à présent. Mais il fallait bien passer le temps, alors, l'hiver, il venait jouer aux cartes avec les autres. L'été, il faisait de longues marches en forêt, fuyant le village qui se gonflait des habitants de la ville. Il n'avait rien contre eux, mais il préférait le chant rugueux des cigales au bruit incessant de la foule.

Marc s'approcha de la table de Martine.

« Je peux ? », demanda-t-il en montrant la chaise.

Elle fit oui de la tête. Il s'assit. Fixa les deux jeunes femmes sans rien dire. Les joueurs de cartes avaient repris leur partie, mais ils tendaient l'oreille, attentifs au moindre mot qui allait être dit.

« Qu'est-ce qui se passe ? demanda Marc. Vous n'êtes quand même pas venues seulement vous balader ici en plein hiver, quinze jours avant Noël ? Il y a autre chose, non ? »

Il n'obtint pas de réponse.

La bourrasque enflait de plus en plus. La pluie frappait les vitres avec un peu plus de violence. La nuit tomberait de bonne heure aujourd'hui. Une ambiance pesante régnait sur les lieux. Un coup de vent plus fort miaula. Plus loin, sur l'océan, un éclair fendit le ciel. La lumière se coupa. Jojo se blottit sur les genoux de sa mère. Le patron jura, alluma une lampe à gaz. Une lumière blanche, vive, éclaira le bar tout en laissant de nombreux coins d'ombre. Médard dit que l'orage allait monter avec la marée, et que si le vent ne tournait pas un peu, il leur arriverait dessus. La lumière fit une brève réapparition, pour disparaître à nouveau. Dans la pénombre, la main de Marc glissa vers la main de Martine. Au contact, elle la retira brusquement.

« Tu es bien nerveuse. C'est l'orage ?

— Sans doute. Excuse-moi.

— C'était seulement pour te rassurer. Seulement. »

Elle s'excusa de nouveau. Il ne retrouvait pas le son de la voix qu'il avait aimée autrefois et qui était douce. Suave. Gentille. Ce soir, elle était dure. Tranchante. Agressive. Tout se bouscula dans sa tête. Quelle soirée ! La tempête, la pluie, l'orage, l'arrivée de Martine, qu'il n'avait pas vue depuis une éternité et qui lui rappelait un passé qu'il croyait enfoui. Décidément, Médard avait raison, les treize lunes avaient tout gâché, et chaque marée apportait son lot de surprises.

La lumière, en revenant, les aveugla tous. Ils s'étaient habitués à la pénombre. En plus, elle les cachait un peu les uns des autres. Rendait les silences plus faciles. Ils n'avaient pas non plus à affronter les regards. On entendit, au dehors, un bruit de moteur. Une voiture avait affronté la tempête. Elle s'arrêta devant l'hôtel. Une portière, en se refermant, claqua. L'ouverture de la porte laissa encore passer un morceau de bourrasque, avec toujours l'orage en bruit de fond. Tous les regards se portèrent sur l'entrée. Marc fut éberlué. D'étonnement, le patron faillit casser un verre. On entendit la voix de Marc, déformée par la surprise :

« Élisabeth, mais… mais que fais-tu ici ?

— Tu veux que je reparte ? », dit-elle d'un ton cinglant.

Mais non, il ne voulait pas. Mais elle aurait pu lui téléphoner. Il serait allé la chercher. Elle s'était approchée de la table. Regardait les filles de haut. Marc se leva.

« Martine, une amie d'enfance, et Djamila. »

Élisabeth comprit aussitôt.

« Ah oui, c'est la chanson », dit-elle en désignant Martine du menton.

Martine parut éberluée. La chanson ? Quelle chanson ?

« Ah, il ne vous a rien dit. C'est un petit cachottier. C'est de famille. »

Marc ne comprenait pas cette intrusion. Marc ne comprenait rien à la violence des mots. Cette phrase : « C'est de famille », ça voulait dire quoi ? Gabriel se leva. Dit qu'il était temps de rentrer.

« La nuit va être difficile. L'orage va s'ajouter à la tempête, je vous conseille de vous coucher tôt. »

Elie et Médard se firent resservir un verre. Comme pour signifier qu'ils avaient l'intention de rester. Ni la tempête, ni la nuit agitée ne semblaient les inquiéter. Au contraire. Ils avaient le sentiment que cette nuit, il se passerait quelque chose dans ce bar. Toutes ces filles pour un seul homme, ce n'était pas banal. Elles cherchaient quoi ? Gabriel laissa entrer un morceau de bourrasque en partant. Le patron le regarda partir, courbé sous la pluie. Ce soir, c'était sûrement la seule personne sensée de ce bar.

VIII

COLETTE AVAIT DIT à sa fille que Marc était venu au château pendant son absence. Qu'il avait parlé avec son père et Paul. Paul lui avait dit qu'il lui paraissait sympathique. « Un peu timide, mais bon, pour un landescot, ce n'était pas si mal que ça », avait-il dit en riant. Élisabeth avait trouvé la situation ridicule. Douloureuse. Maintenant, elle en voulait à sa mère de s'être confiée ainsi. Quelle importance avait cette histoire depuis tout ce temps ? Elle appartenait à sa mère, et seulement à sa mère. Quel besoin elle avait eu de tout lui raconter après toutes ces années. Et puis, entre elle et Marc, il n'y avait aucun lien de parenté, alors qu'importait que son frère soit le demi-frère de l'homme qu'elle aimait. Sa mère avait dépassé les limites. Qu'elle ait reconnu son amant ne l'obligeait quand même pas à lui dire qu'il était le père de Paul. Après tout, puisque son père le savait, ça aurait dû suffire. Pourquoi mêlait-elle sa fille à tout ça ? Si elle comptait sur elle pour retrouver celui qu'elle avait aimé autrefois, elle se méprenait. Élisabeth aimait son père et n'allait pas le trahir. Quant à la visite de Marc, elle comprit qu'en la faisant, il avait besoin d'une explication à son absence prolongée. Elle comprit aussi qu'il l'aimait toujours, sinon, il ne serait pas venu. Elle pensa lui passer un coup de fil, mais, après réflexion, préféra le rencontrer. L'explication serait plus franche. Plus nette. Et puis le souvenir de leurs effusions dans cette maison sur la dune brûlait sa mémoire. Elle comprit que son silence n'avait que trop duré. Élisabeth avait donc pris la route malgré la pluie et le vent, se régalant déjà du feu de cheminée qui allait les réchauffer.

Il n'était pas chez lui. Elle se rappela qu'avec Médard, ils allaient parfois prendre un verre à l'hôtel de la plage. Ils devaient y être. Elle avait préparé des mots affectueux, souhaitant se faire pardonner son silence, mais à la vue de Marc attablé avec deux filles, son sang n'avait fait qu'un tour. La colère avait vite cédé le pas à l'affection. Elle réalisa qu'elle était jalouse.

Marc ne savait ni que dire, ni que faire. L'embarras avait gagné tout le monde, sauf Élie et Médard. Ils attendaient la suite avec délectation. Enfin quelque chose de différent se passait dans le bar. En un instant, les sempiternelles phrases sur le temps, la marée, la chasse ou la pêche, étaient reléguées aux oubliettes. Pour une fois, la marée avait bien fait les choses. L'arrivage était de qualité. Sûr que le temps était au naufrage et que les pilleurs d'épaves qu'ils étaient allaient avoir du pain sur la planche. Ils avaient devant eux matière à parler, au moins pendant une bonne semaine. Le patron, par contre, n'appréciait qu'à moitié le fait que le bar de son hôtel soit le théâtre d'un règlement de comptes. Le silence lourd fut coupé par Élisabeth :

« Si vous êtes venu le récupérer, dit-elle sèchement à Martine, c'est un peu trop tôt. Je suis encore là. »

Martine lui sourit. Non, elle n'était pas venue le récupérer. En venant ici aujourd'hui, elle ne savait même pas qu'il était là. Ensuite, le mot récupérer ne convenait pas du tout à la situation. Le hasard, seulement le hasard, les avait fait se retrouver ce soir.

La réponse convenait à moitié à Élisabeth.

« Il a peut-être bon dos le hasard. »

Marc reconnaissait bien là la ribeyrote. Sûre d'elle. Tranchante. Avec le vin, elle devait faire la même chose pour ses assemblages. Une fois qu'elle les avait décidés, elle ne faisait pas marche arrière. Elle savait ce qu'elle voulait. Il sourit. Le ton qu'elle employait le rassurait : sûr, elle l'aimait encore. Djamila n'avait encore rien dit. Sa voix douce surprit tout le monde :

« Martine n'est venue récupérer personne. N'est venue chercher personne. Elle est venue chercher le passé. Ou plutôt essayer de le comprendre.

— Le passé, un soir de tempête ? s'amusa Médard. Ça sent le soufre », dit-il en ricanant.

Martine le regarda avec lassitude. Le stress de cette tempête, ajouté à la difficulté de sa quête et à l'ambiance de cette soirée, lui paraissait soudain intolérable. Elle se dit qu'elle n'aurait jamais dû venir. Elle se dit qu'elle n'aurait jamais dû ouvrir ce cahier jaune. Elle se dit qu'elle n'aurait jamais dû pénétrer l'intimité de la vie de sa mère. D'un coup, imprévisible aux yeux des autres, elle s'effondra en pleurant, bras croisés sur la table du bar. Djamila lui caressa doucement les cheveux, tout en rassurant Jojo qui ne comprenait rien et qui commençait à vouloir pleurer, lui aussi. Après un moment de silence, Élie et Médard se levèrent. Réflexion faite, ils dirent qu'ils n'avaient plus rien à faire ici. C'est alors que Martine releva la tête :

« Ne partez pas, Médard. J'ai besoin de vous pour trouver le passé. Vous aussi, Élie. Tous les deux, vous connaissez tout de l'histoire de ce village. »

Surpris, ils se rassirent sans dire un mot, Martine sortit le cahier jaune de son sac à main.

« C'est le journal intime de ma mère, dit-elle.

— Ça ne nous regarde pas, dit Médard.

— Je ne sais pas qui ça regarde, mais c'est pour ça que je suis ici ce soir. »

Elle ouvrit le cahier. À la première page, il y avait une date : juin 1943. Martine commença à lire. Lentement. D'une voix cassée.

« *Dimanche 13 juin 1943, j'ai rencontré Hans. D'abord, je l'ai fui. C'était un Allemand. On ne fréquente pas les occupants. Pourtant, malgré le fusil qu'il portait en bandoulière, il n'avait pas l'air bien féroce. C'était au bord de l'étang. Sur la jetée. Je me promenais avec Marie. Il était en patrouille avec un de ses collègues. Nous avions laissé pour un moment nos amis qui étaient au café, chez Pauldy. Elle avait un phonographe, et parfois, le dimanche après-midi, elle nous passait un disque ou deux. Nous dansions. À dix-huit ans, on ne mesure pas toujours la guerre. Nous avions chaud, alors, avec Marie, nous sommes allées prendre l'air sur la jetée et regarder les bateaux accrochés à la berge. Il m'a regardée et m'a souri. Mais de telle manière que j'y ai vu une immense timidité. Marie m'a dit : "Attention, ne le regarde pas, il va nous arrêter". J'ai éclaté de rire. Il ne nous a pas arrêtées. Je ne me suis pas retournée, mais j'en mourais d'envie.*

Je n'osais pas me l'avouer, mais il me plaisait. Ou alors, c'était le goût de l'interdit, je ne sais pas. Après, j'ai su. Je l'aimais vraiment. »

À la lecture, Martine avait le sentiment qu'elle mettait sa mère à nu. Une bouffée de larmes lui coupa la parole. Elle se tut un instant. Ferma les yeux. Eut envie d'arrêter. Pourtant, elle ne voulait pas avoir fait le voyage pour rien. Non. Elle devait continuer. Maintenant qu'elle avait commencé cette lecture, il fallait qu'elle sache. Qu'elle comprenne.

« Le dimanche d'après, je suis revenue sur la jetée. Il y était. Mais sans fusil. Il était assis sur le bord d'une barque et jetait des cailloux dans l'eau. En me voyant, il se releva et vint vers moi. Dans un mauvais français, il me dit en souriant qu'il ne fallait pas que j'aie peur de lui. "Je m'appelle Hans, et fous, mademoiselle ?" À son accent, j'éclatai de rire. Je lui dis mon prénom. Nous avons marché le long de la jetée. Dans les jours qui ont suivi, nous nous sommes revus en cachette. Et un jour du mois d'août, dans les fougères du chemin du vieux port, ma vie a basculé dans ses bras. Jamais je n'avais été heureuse comme ce jour-là. J'avais oublié la guerre. Les privations. J'avais oublié que Hans était allemand. J'ai tout fait pour cacher cet

*amour que tous auraient trouvé coupable. Tout.
J'étais heureuse. Simplement heureuse. Je ne voulais rien savoir d'autre. »*

Médard coupa Martine :

« C'est drôle, mais à y réfléchir, je ne me souviens pas de ta mère. Ton père oui, mais ta mère non. Elle ne vous a jamais accompagné à Lacanau ? »

Marc répondit à la place de Martine. Expliqua que sa mère était de santé fragile et que l'air de la mer l'énervait. Alors, Martine et son père venaient seuls à la plage.

« Même pas une fois ? demanda Élie.

— Même pas une fois, répondit Martine, et je suis ici pour comprendre pourquoi. Quelque chose s'est passé plus tard. À la Libération », dit-elle dans un sanglot.

Élie savait qu'à la Libération, il s'était passé des choses pas très jolies, mais comme beaucoup d'autres, il avait pris le maquis, sinon, il aurait été réquisitionné pour le travail obligatoire en Allemagne.

« Pierre Laval avait bien fait les choses, dit-il en sourdine. Le salaud. »

Lorsqu'il avait quitté le maquis, après la libération du Médoc, il n'était pas rentré directement au pays. Il avait suivi la brigade Carnot jusqu'en Alsace et n'était revenu au village qu'un an après.

Médard, lui, avait failli se laisser prendre par les bonnes paroles des propagandistes : pour trois volontaires du travail en Allemagne, un prisonnier français serait libéré. Et devant le peu d'empressement, l'État avait institué le Service du Travail Obligatoire. Cette obligation ne laissait aucun doute, c'était pour vider la France de ses jeunes, alors Médard avait rejoint le groupe Charly, dans la lande de Brach.

Maintenant, la pluie redoublait de violence. Le vent miaulait. Passant par les plus petits interstices. On sentait sa froidure agressive et humide. On entendait le bruit sourd des vagues se fracassant sur la côte. La lumière vacillait. Elle faillit s'éteindre plusieurs fois. Martine reprit sa lecture :

« *J'ai été heureuse longtemps. Tous parlaient de la fin de la guerre. Hans me disait qu'à ce moment-là, il reviendrait et qu'on pourrait se marier. "Allemand ou français, disait-il, quelle importance, nous sommes jeunes, et nous nous aimons. Personne ne va empêcher cela." Oui, nous nous aimions. Et puis, durant l'été 1944, les Allemands ont quitté Lacanau. Je me suis sentie seule. Perdue dans ce monde qui basculait vers quelque chose que j'allais découvrir, et que je n'imaginais pas :*

*la violence. La haine. Rentrée depuis quatre ans,
elle allait exploser d'une force incroyable. Moi qui
n'avais connu que l'amour, même si je n'étais pas
dupe du mal qu'avaient fait les troupes d'occupation, je m'étais dit que tout était quand même possible. Hélas, ce fut horrible. »*

Martine laissait couler doucement ses larmes.
Elles marquaient des sillons sur ses joues soudain
devenues pâles. Marc la regardait avec tendresse.
Pourtant, sans s'en rendre vraiment compte, c'est
la main d'Élisabeth qu'il prit. Elle laissa faire.
Le petit Jojo s'était endormi sur les genoux de
Djamila. Il était parti dans ses rêves d'enfant, à
cent lieues de la situation que vivaient les gens
du bar. Le patron n'essuyait plus les verres. Il
attendrait demain. Médard regardait le sol, tandis qu'Élie, bras croisés, fermait les yeux, mais
sans dormir.

*« Ils sont venus me chercher un matin. Je suis
partie sous le regard inquiet de ma mère. J'étais
encore en chemise de nuit. Je n'ai pas eu le temps
de m'habiller davantage. Ils m'ont dit que ce serait
mieux ainsi. Le tribunal s'en contenterait. "Le tribunal, mais quel tribunal ? ai-je crié. Je n'ai rien
fait de mal." Je n'obtins que des rires en réponse.
Je n'avais même pas eu le temps de mettre des*

*chaussures. Les cailloux de la route m'arrachaient
la peau. Je me suis mise à boiter, ça les a fait rire.
Ils m'ont lancé des quolibets. Des insultes. Et puis
ils m'ont donné le motif de l'accusation : j'avais
couché avec un Boche. Alors ils m'ont traitée de
Boche. De sale Boche. Pourtant, j'avais tout fait
pour me cacher. Je n'avais jamais frondé. Je n'avais
jamais collaboré, comme certains qui aujourd'hui
vociféraient contre moi. Ceux-là, je les avais vus
faire commerce avec l'ennemi. Ils n'avaient jamais
manqué de rien. Ni de viande, ni de pain. La foule
se pressait autour de moi. Mon regard rencontra
ces visages connus. Je les suppliai des yeux. Ils semblaient ne pas me connaître. On me poussait. Je
suis tombée, et, par un bras, quelqu'un m'a relevée
avec violence. Je pleurais toutes les larmes de mon
corps. D'une autre rue, sont arrivés deux autres
femmes et un homme. L'homme avait les mains
attachées derrière le dos. Maintenant, autour de
nous, c'était la foule. Toute la commune était pré-
sente sur la place de l'église. Les femmes criaient
plus que les hommes. Nous traitaient de putains.
De sales Boches. J'ai cru ma dernière heure arrivée. Sous les cris et les insultes, on nous fit monter
sur le kiosque à musique. J'osai lever les yeux. Je
vis Céleste, qui travaillait comme lingère pour les
Allemands, Églantine, qui travaillait à la cuisine
de la Kommandantur et qui ramenait quelques*

provisions chez elle le soir pour ses enfants. Moi, je n'avais fait qu'aimer un homme qui, comme beaucoup d'autres de son pays, détestait la guerre. »

Martine ne pouvait plus lire. Aucun son ne sortait de sa bouche. Elle posa le cahier jaune sur la table devant elle, mit son visage entre ses mains. L'effort qu'elle venait de faire était surhumain. Elle venait de livrer une part de vie atroce de sa mère. Djamila comprit que Martine ne pouvait plus lire. Doucement, elle prit le cahier et lut pour elle.

« Dans les cris venant de toutes parts, un homme s'arma d'une tondeuse et nous coupa les cheveux. Mes beaux cheveux châtains, que Hans aimait caresser en me disant des mots tendres, gisaient maintenant à mes pieds, dans la poussière et les crachats des gens. Sur mon crâne rasé, un autre a peint une croix gammée. À ce moment-là, je vis au pied du kiosque Pierrot, le jeune fils de mes voisins. Je l'aimais beaucoup, il était si gentil avec moi. Il était sûrement venu, comme tout le monde, voir le spectacle en curieux. En me voyant ainsi rasée, il avait le visage décomposé. D'un coup, à cette vision, il se mit à vomir et partit en pleurant et en hurlant. C'est sûrement la seule manifestation d'amitié que j'ai eue ce jour-là. Ensuite, toujours

pieds nus et en chemise, tête rasée et croix gammée sur le front et sur les vêtements, ils nous ont forcées à défiler dans les rues, accompagnées par les vociférations. Les femmes étaient les plus violentes. La journée fut un vrai calvaire. Deux jours après, complètement emmitouflée, j'ai pris le premier train pour Bordeaux. Je n'ai jamais plus remis les pieds dans le village.

J'ai écrit ces lignes plusieurs jours après, mais je peux dire que ce jour-là, même si je vis encore longtemps, je suis morte à la vie. Je suis morte à l'espérance. Peut-être aussi suis-je morte à l'amour. Je souhaite seulement qu'un jour, ceux qui m'ont fait ça réalisent le mal qu'ils m'ont fait. Ils se sentaient une âme de libérateurs, ils avaient seulement une âme de bourreaux, avec une parfaite bonne conscience. Un jour, il faudra qu'ils sachent que l'on peut tuer sans commettre de meurtre. »

Djamila referma le cahier. Un silence de mort avait envahi le bar, seulement coupé par le vent et la pluie. La tempête soufflait dans les corps. Dans les esprits. Personne n'osait prononcer une phrase. Marc comprenait maintenant pourquoi la mère de Martine n'était jamais plus revenue au pays. L'air de la mer ne l'énervait pas. La raison était ailleurs, dans ce pays de landescot qui avait sa part de mystère. Dans ce pays de pins

qui sentait bon la résine, l'essence de térében-
thine. Dans ce pays de marées et de naufrageurs sympathiques, il pouvait aussi y avoir des
secrets qui salissaient le décor. Mais comment
retrouver, aujourd'hui, les justiciers de cette
époque ? Était-ce nécessaire ? Était-ce souhai-
table ? Martine le voulait-elle vraiment ? Le
temps n'avait-il pas tout gommé ? Martine, dans
un souffle, dit que non. Elle souhaitait savoir qui
avait osé juger un amour pur. Elle voulait être en
face de ceux qui avaient brisé sa mère. Juste pour
voir leur regard. Pour les regarder en face, parce
qu'eux n'avaient pas osé regarder sa mère en face.
Ils lui avaient fait baisser la tête pour l'humilier
encore plus.

« Pourtant, dit Élie, elle a continué à vivre. Et
même à aimer, puisque tu es là. »

Bien sûr, répondit Martine, mais à cause de ces
événements, la honte avait mangé sa vie. Mangé
aussi l'amour qu'elle avait quand même trouvé
plus tard avec son père, puisqu'il n'avait jamais
rien su. Comme Martine, il était sûr que l'air de
l'océan la rendait nerveuse. Alors, pour ne pas
priver sa fille des joies de la plage, il venait sans
son épouse. Il n'a jamais su que c'était les souvenirs et non l'air qui la rendait ainsi. À cause de
ça, elle avait passé sa vie à mentir pour cacher
sa honte. Tous les jours, elle avait vécu avec ce

fardeau. Elle s'était forcée à sourire. Sa santé était devenue si fragile qu'elle ne sortait plus du tout.

« Elle aurait pu aller sur d'autres plages », dit Élie.

Martine ne savait pas. Elle pensait que sa honte était si grande qu'elle l'avait brisée entièrement. Alors Martine pensait qu'elle devait connaître les coupables. Pour leur dire en face l'horreur de leurs actes. Pour leur dire qu'un matin d'automne, ils avaient tué sa mère sans la faire mourir.

Élie secouait la tête négativement. Il ne savait pas. À la libération du Médoc, il s'était passé tellement de choses.

« À l'époque, tous voulaient une part de vengeance, dit-il. Ils avaient mal supporté l'impuissance que l'occupant leur avait infligée. Alors, le jour de la libération, toutes les rancœurs sont sorties avec force et ils se sont vengés. »

Il avait dit ces paroles doucement. Comme pour dire : pardonnez-leur, ils ne savaient pas ce qu'ils faisaient. Martine pleurait sans bruit. Elle sortit une photo de son sac à main. La fille était belle. Des cheveux bouclés descendaient sur ses épaules. Un large sourire éclairait son visage. Elle portait un corsage léger. Sa jupe couvrait ses jambes jusqu'à mi-mollet. Elle paraissait être une gamine.

« Ma mère », dit-elle en posant la photo sur la table.

Marc la prit. Le regarda longuement. Elle lui rappela Martine à l'époque où il l'aimait. Il fut troublé. Il passa la photo à Élie. Non, il ne la reconnaissait pas. Médard n'eut pas besoin de la regarder. Depuis un moment, il avait compris. Il se rappelait de cette journée où tout le monde avait sorti les drapeaux tricolores restés cachés dans les tiroirs durant toute la guerre. Il se rappelait que déjà, deux jours avant, un résistant avait fait sauter une grenade dans un commerce de la commune, où certains, sans vergogne, faisaient bombance, alors que personne ne mangeait plus à sa faim depuis longtemps. Il revoyait tout ça dans sa tête, mais ne disait rien. Le groupe de résistants dont il faisait partie était arrivé trop tard pour empêcher les excès. Mais le souhaitaient-ils ? Depuis quelque temps, le groupe Charly arrivait souvent trop tard. Comme pour éviter que le dépôt de poudre de la Providence, à Sainte-Hélène, ne saute. Ils avaient même reçu les plans des charges mises en place par les Allemands. Avec leur traction avant Citroën, ils étaient passés devant la Providence à vive allure, mais n'avaient rien fait pour empêcher la casse. Ils avaient bien vu tous les habitants de Sainte-Hélène rassemblés sur le terrain de football depuis le matin.

Les habitants du village de Sadouillan, voisin du dépôt, avaient évacué leurs maisons, en laissant les fenêtres ouvertes pour éviter que la déflagration ne les brise. Dans le milieu de l'après-midi, quelques charges de poudre avaient sauté. Le groupe Charly n'avait rien fait pour l'éviter. Il se demandait ce qu'il faisait dans cette Résistance qui avait ramassé des armes pendant les parachutages de Méogas, du Temple ou de Saumos, et qui, plus tard, les avait remises à l'ennemi pour sauver, soi-disant, des Français. Il avait entendu qu'un poète, mais il ne savait pas lequel, avait écrit « Quelle connerie la guerre ». S'il le rencontrait un jour, il lui dirait bravo. Et pourtant, malgré tout ça, ce jour-là, dans le village, sur la place de l'église, avec son groupe, il n'avait rien fait pour empêcher tout ça. « Nous rendons justice », disaient les plus excités. Trois femmes qui avaient, comme on disait alors, fait de la collaboration horizontale, et un homme qui avait fait on ne sait trop quoi, avaient servi d'exutoire à la violence rentrée des gens. À la leur comme à la sienne. Parce que lui aussi, il avait mal. Depuis ce jour où il avait trouvé celle qu'il aimait avec une balle dans la tête, violée et tuée sur le bord d'un chemin de terre, au pied d'une dune, à l'ombre d'un pin où chantaient les cigales. À sa vue, il avait hurlé sa peine. Il s'était enfui à travers bois.

Personne ne savait qu'à cet endroit, elle l'attendait, lui, Médard, le jeune braconnier qui posait des collets pour nourrir sa famille. Ils s'étaient rencontrés dans le marais. Elle posait des nasses, il attrapait des anguilles à la fouëne. Sans le dire à quiconque, ils avaient uni leur passion de la chasse et de la pêche. Ce serait leur secret. Plus tard, après cette fichue guerre, ils penseraient au mariage. Elle lui disait en riant : « On ne pourra se marier que lorsque nous aurons un vrai métier. Sinon, le maire et le curé ne voudront jamais marier deux braconniers. »

Comme il l'aimait sa petite Fanny. Ce n'était pas son vrai prénom, mais Médard avait vu un film de Marcel Pagnol, juste avant la guerre, et il comparait Julienne à l'héroïne du film. « Quand même, Fanny, c'est mieux que Julienne, non ? »

Elle hésitait un peu. Julienne, c'était quand même son nom de baptême. « Peut-être, rétorquait-il, mais ton prénom appartient à tous ceux qui te connaissent. Tandis que Fanny, je serai le seul à t'appeler comme ça. » Elle le regardait en riant. Se demandant toujours quand il oserait enfin la caresser. Médard était timide. Alors, quand il sentait que ces moments de tendresse arrivaient, il faisait mine d'avoir vu passer un lapin, et il partait sur ses traces. Il décida un matin que ce serait aujourd'hui qu'il l'embrasserait. Que ce serait aujourd'hui qu'il la caresserait. Doucement. Avec amour. Ils avaient rendez-vous vers la dune en pain de sucre, pas loin d'une source d'eau ferrugineuse. L'eau était bonne à boire, mais tout de suite. Après une heure en bouteille, elle sentait l'œuf pourri et personne n'en voulait. Il paraît pourtant qu'elle soignait les problèmes de bile. Il avait pris son temps pour arriver au lieu du rendez-vous. Malgré ce qu'il avait décidé, il hésitait. Et si elle ne voulait plus ? Et si… et si… À force de se poser des questions, il arriva en retard à la dune en pain de sucre. Il avait bien entendu, plus tôt dans la matinée, une détonation, mais il ne s'était pas inquiété. Les Allemands tiraient souvent à tort et à travers. De loin, il avait deviné Fanny. Tiens, s'était-il dit, elle s'est allongée. Elle dort ? Je suis vraiment en retard. Il avait accéléré le pas et l'avait découverte avec horreur. Son chemisier était couvert du sang qui coulait depuis un trou béant au milieu du front. Ses yeux ouverts ne regardaient plus que la mort. On le sut plus tard, elle avait rencontré deux Allemands qui avaient abusé d'elle et l'avaient tuée. Condamnés, ils avaient été envoyés sur le front russe.

Médard savait ce qu'était la souffrance d'une bête prise dans un piège. Il eut la même. Peut-être pire. Une souffrance qui vous déchire de la tête au pied. Qui vous traverse le ventre comme des flèches acérées. Qui vous culpabilise. S'il avait été là plus tôt ? Il hurla sa peine au chant des cigales qui semblaient lui rire au nez. Il hurla sa peine dans le marais du Cousseau, et au bruit, les oiseaux se turent. Il hurla le nom de sa Fanny sur la plage en courant sur le sable. Seul le vent et le ressac répondirent à sa douleur. Et cette douleur, il ne pouvait la partager qu'avec eux. Personne, au village, ne savait qu'il aimait Julienne. Parfois, il parlait d'une Fanny, mais ici, on n'en connaissait aucune. Alors les gens avaient pensé qu'il s'était fabriqué un amour qu'il ne leur présenterait jamais. Et ils eurent raison, il ne le leur présenta jamais.

Alors le jour dont parlait la mère de Martine, quand il avait vu les gens s'acharner contre trois pauvres filles, il avait voulu s'interposer, mais en un instant, il les imagina au lit avec les Allemands. En un instant, il imagina Fanny violée et tuée par les mêmes occupants. Il fut paralysé et ne fit rien pour les sauver.

« J'y étais », dit-il d'une voix sourde, tête baissée.

Tous les regards se portèrent vers lui. Avec étonnement. Il raconta le maquis. Tous ces ratages avec son groupe. De Brach au Médoc, ils s'étaient baladés presque comme des touristes. La fleur au fusil.

Le départ de l'occupant avait déchaîné les passions. On avait vu sortir des bois des hommes avec des grades qu'ils s'étaient inventés, quand d'autres, véritables héros, avaient pris tous les risques et avaient trop souvent payé de leur vie leur bravoure. Les vrais étaient morts ou partis pourchasser l'ennemi. Ne restaient que ceux qui n'avaient pas pu se battre. En deux ou trois jours, ils avaient voulu compenser toutes ces années d'impuissance. Alors ils s'étaient déchaînés. Malheur à ceux qui avaient côtoyé l'occupant. Ils devaient payer. Il fallait rétablir l'ordre militaire et moral.

« Je les ai vus fous. Malheureux. Atrocement méchants. Et moi je n'ai rien fait. Tout semblait si démesuré. La situation échappait à tout le monde. »

Il ajouta avec une voix faible :

« Je crois que j'avais peur. »

Il ne parla pas de Fanny. Elle était son secret. Elle était ce bouquet de fleurs posé tous les ans sur une croix anonyme dans un creux de dune, tandis que la mère de Martine ne vivait plus que dans la honte.

IX

AU PETIT MATIN, Marc ouvrit les volets de sa villa. Le vent était moins fort que la veille, mais les nuages étaient toujours menaçants.

Il n'avait pas voulu laisser Martine à l'hôtel et avait recueilli tout le monde chez lui. Elle occupait une chambre avec Djamila et le petit Jojo, tandis qu'Élisabeth occupait l'autre. Marc avait dormi sur le canapé devant le feu de cheminée et l'avait entretenu toute la nuit. Il avait dormi par à-coups. Sans suite. En faisant des cauchemars. Il faut dire que la soirée avait été particulièrement pénible. La lecture du cahier jaune avait fait planer l'horreur. Une atmosphère affreuse s'était installée, que la tempête accompagnait par rafales. Élie et Médard étaient partis dans la nuit sous le vent et la pluie, plus courbés par ce qu'ils avaient entendu que par la tempête. Une foule de souvenirs les avaient assaillis. Les images de cette période troublée étaient remontées à leur esprit. C'était loin, et pourtant, d'un coup, cela semblait tout proche. Ils croyaient avoir oublié. Comme tout le monde. En fait, ils comprirent que les souvenirs, même mauvais, ne s'effaçaient pas. Ils s'installaient au fond de la mémoire et ne demandaient qu'à remonter. Pas facile d'oublier la douleur de la guerre. Pas facile d'oublier les privations. Les kilomètres faits à bicyclette pour trouver de la nourriture pour sa famille, tandis que d'autres faisaient bombance. Toutes ces souffrances amassées pendant cinq ans avaient explosé avec une violence inouïe à la Libération.

Toute la soirée, le patron de l'hôtel avait offert du café. Ils l'avaient bu sans dire un mot. Ils écoutaient. Aucune phrase ne pouvait accompagner la douleur de Martine. Elle souffrait d'avoir trahi l'intimité de sa mère. Elle souffrait d'avoir étalé au grand jour sa douleur, mais c'était le prix à payer pour connaître la vérité qu'elle attendait. Qui avait fait ça ? Pourquoi une telle méchanceté ? Une telle atrocité ? Pourquoi un tel mépris pour l'amour qui avait rapproché deux êtres qui ne demandaient qu'à s'aimer ? Deux êtres qui avaient eu la malchance de se rencontrer pendant la guerre, alors qu'on leur commandait d'être ennemis.

C'était à cause de cette guerre que la mère de Martine avait connu l'amour. C'était à cause de cette guerre qu'elle avait perdu la vie sans combattre.

Médard lui aussi souffrait. Il n'avait pas tout dit. Il n'avait pas pu. Il se la rappelait cette journée. Avec ses jeunes copains résistants, ils y avaient pris part. En ce début 1944, un maquis s'était organisé à Lugagnan, entre Saint-Germain-d'Esteuil et Hourtin. Depuis quelques jours, tous les maquis étaient en effervescence. Les Allemands allaient perdre la guerre. Peut-être, mais ils ne décrochaient pourtant pas du Médoc. Les ordres fusaient de partout. Les accrochages faisaient rage. La guérilla s'était installée dans beaucoup d'endroits. Tous savaient que des atrocités étaient perpétrées. Dans le village de Liard, à côté de Lesparre, un jeune homme et une femme de prisonnier avaient été abattus comme des chiens par l'ennemi. Même des chevaux avaient été tués sur la route. Des granges, des maisons brûlaient. Le château Nodris avait été détruit au canon et brûlé. Déjà, tout le monde dénonçait tout le monde, comme pour le maquis replié à Vigne-Oudide. Le 25 juillet 44, sur dénonciation de traîtres, les occupants avaient attaqué un groupe de jeunes. Presque sans armes, sans expérience, seulement animés par l'envie de délivrer le Médoc, les jeunes résistants, abandonnés par leurs chefs, ne purent résister longtemps. Cette traîtrise avait coûté la vie à trente-six jeunes, et les quelques prisonniers avaient été torturés puis massacrés. L'horreur. Des blessés arrivaient de partout. Médard était affecté à leur transport vers les lieux de soins. Il en avait vu des souffrances. Il en avait entendu des choses difficiles. Pourtant, le Médoc semblait calme. Seulement en apparence. Des vignes à l'océan, la vie s'était arrêtée. Elle avait été brisée à coups de mitraille. À coups d'otages. Avec la peur dans le ventre. Comme ailleurs. Comme dans toute la France. Cette peur s'était installée partout. Pour tous. Comme pour tous ces jeunes, obligés de se cacher afin d'éviter le travail obligatoire en Allemagne. Élie et Médard se souvenaient de Flavius. Enfin, Flavius, c'était son nom de guerre. Un sacré bonhomme qui avait réceptionné des parachutages. Qui avait fabriqué des caches d'armes. Il se promenait partout, entre rivière et océan. L'air de rien. Son air basané le faisait ressembler à un gitan paumé. Il allait de boulot en boulot, l'œil toujours en éveil, et savait se servir d'une radio comme personne. Il signalait tout. Le nombre de soldats. Les gens sur qui l'on pouvait compter. Ceux dont il fallait se méfier. Sa maison ? Il n'en avait pas. Enfin, personne ne savait trop

L'Année des treize lunes

où. Lorsque ses copains lui demandaient où il habitait, il répondait invariablement qu'il n'avait pas de port d'attache. « Je suis comme un marin, disait-il, je navigue en fonction du vent et des nuages. En ces temps incertains, pas besoin de port, sinon je coulerais le bateau. » Et il s'échappait en riant. Mais un jour de novembre 1943, entre Hourtin et Cissac, il avait reçu une balle dans la cuisse. Après deux jours de marche de nuit, aidé par quelques maquisards, il avait pu se rendre au préventorium du Moutchic, où on lui avait accordé de l'aide. La maison située au ras des bâtiments et qui donnait sur l'étang abritait des officiers allemands et il fallait être très prudent. Mais les occupants n'imaginaient pas que les résistants oseraient se cacher aussi près d'eux. Madeleine avait l'habitude de donner des soins en cachette. Il n'y avait ici que des enfants atteints de tuberculose. Infirmière en chef, elle avait caché Flavius dans le bâtiment des contagieux, là où personne n'oserait entrer. Il y était à l'abri d'un contrôle inopiné. Dès qu'il avait pu s'exprimer, il lui avait demandé si elle connaissait des gens de la Résistance. Au début, elle s'était méfiée, mais dans l'état où il était, elle le crut. Madeleine réussit à entrer en contact avec Médard. Elle savait qu'il portait quelques messages pour le maquis. Sans plus. Flavius en avait un à faire passer. Avec mille précautions, une nuit sans lune, Médard descendit la dune à travers bois et pénétra dans le bâtiment. Flavius lui remit deux messages. Un pour Charly, du maquis de Brach, l'autre pour la fille d'un vigneron des environs de Cussac. Dans l'un, il informait Charly du nombre d'Allemands situés vers Hourtin et les environs, ainsi que des armes dont ils disposaient. Dans l'autre, il demandait à une jeune fille qu'il avait connue à l'occasion des vendanges de l'attendre. Il l'aimait, mais resterait quelque temps sans donner signe de vie, en attendant d'aller mieux. Un réseau l'amènerait vers l'Espagne pour le mettre à l'abri. Peut-être. Le lendemain, Médard avait fait passer le message à Charly au maquis de Brach. Avec ces renseignements, il pourrait sûrement créer un maquis supplémentaire et harceler l'ennemi avec plus de forces. Et il y en avait besoin. Arrivé à Cussac, Médard entra dans un café, commanda un demi-setier de blanc et demanda l'adresse de la propriété de Gaston Meyre. La réponse tomba, cinglante : « Celui qui fricote avec l'ennemi ? C'est un ami à vous ? Payez et partez. »

Médard fut surpris. Il expliqua qu'il ne connaissait même pas cet homme. Qu'il était seulement porteur d'un message pour sa fille. « Le vieux Meyre vend tout son vin aux Fridolins mon pauvre. À la Libération, il va morfler. Et la fille est comme le père, répondit l'autre, même race de salauds. »

Les paroles de Madeleine, l'infirmière, à propos de Flavius lui revenaient en mémoire. On l'avait amené, à la nuit tombée. Il était fiévreux. La plaie, entourée d'un pansement de fortune, commençait à suppurer. Il avait déliré longtemps.

« Sans cesse, il appelait une femme. Au début, on ne comprenait pas son nom. La fièvre est tombée et on a compris qu'elle s'appelait Colette. »

Médard devait être sûr. Il avait demandé si la fille Meyre s'appelait Colette. Le cafetier avait répondu que c'était bien ça.

Flavius aimait une femme dont le père trafiquait avec l'occupant. Le résistant aimait la fille d'un salaud de collabo. Lui, Médard, des salauds avaient tué la fille qu'il aimait. Alors, après avoir vidé sa bouteille, il s'était dirigé vers la rivière et s'était assis sur l'herbe. Il réfléchissait. Tout tournait dans sa tête. Il avait alors revu le corps de sa Fanny couché sur les grépins de la forêt. Il avait mis sa tête entre ses mains et pleuré à chaudes larmes. Au souvenir, la colère était montée en lui. Il s'était levé brusquement, avait déchiré l'enveloppe en petits morceaux et les avait jetés à l'eau. Le message de Flavius était parti au gré du courant vers une destination impossible. La fille du salaud n'aurait jamais de nouvelles de celui qui l'aimait et qui allait disparaître quelque temps. Médard se moquait éperdument de la suite.

La suite était arrivée à la Libération. La colère rentrée avait explosé. Tous s'étaient vengés. Les dénonciations pleuvaient. Chacun accusait l'autre. Son voisin. Sa voisine. Toutes les querelles de voisinage avaient pris des dimensions ridiculement cruelles. Invraisemblables. Les conséquences de ces dénonciations furent dramatiques. Au maquis de Brach, le 12 septembre, les maquisards avaient fusillé deux personnes. Le 14 septembre, onze exécutions avaient été commises. On ne pouvait plus faire confiance à personne. Même Charly, on l'avait appris plus tard, avait vendu des aviateurs américains, rescapés d'une forteresse descendue par la DCA à l'ennemi ! Si de vrais coupables furent arrêtés, combien d'autres souffrirent de ce besoin de représailles qui déferla. Alors, sur la place de l'église, ce jour d'automne 44, Médard avait vu les femmes et l'homme se faire raser le crâne. Les raisons ? Il ne les connaissait pas. Ils auraient pu, avec ses copains, empêcher ça, mais ils s'étaient sentis comme les autres, avides de vengeance. Acteurs d'une ronde invraisemblable qui côtoyait l'horreur, tous étaient hypnotisés par la haine. Pour se rassurer, ils se disaient que ces femmes avaient

eu de la chance, elles auraient pu être exécutées !
Alors ils n'avaient rien fait. Si, ils avaient bu toute
la journée, et le soir, en rentrant au maquis, ils
avaient insulté et battu les personnes qui avaient
été arrêtées sans trop de motif. Sur une simple
dénonciation calomnieuse. Certaines furent
relâchées, d'autres furent transférées au fort du
Hâ, et les femmes à Eysines. L'ordre avait eu du
mal à revenir. Tous avaient une âme de justicier.
Certains jouaient les héros qu'ils n'avaient pas su
être pendant que l'ennemi était là, n'hésitant pas
à se proclamer commandant ou colonel ! Un vent
de folie était passé sur le Médoc. En novembre,
un certain Gabriel Delauney, écrivait dans *La
Nouvelle République* : « Le résistant, le vrai, celui
qui a lutté pour la libération depuis des années,
n'a pas toujours été un homme de science, mais
toujours un homme de conscience. Certains ont
confondu autorité et galons. L'autorité s'acquiert
et les galons se cousent. Ceci est plus facile que
cela. La Résistance a laissé se glisser à sa tête des
parvenus. Un peuple qui se libère, n'aime pas les
parvenus. »

Médard avait été au maquis. Il savait tout ça.
Ce Delauney avait raison, mais que pouvait-il
faire, lui, Médard, à sa modeste place ? Ça avait
été dur de reprendre une vie normale après tout
ça. Il avait mis du temps. Ces souvenirs l'avaient

longtemps hanté, mais il avait fini par les mettre au fin fond de sa mémoire. Et voilà que cette nuit, ils l'avaient rattrapé. L'année des treize lunes portait vraiment malheur.

Élie savait beaucoup de choses. Avait vu beaucoup de choses. Élie était discret comme tout homme qui travaille dans la nature. Dans les bois. Dans la solitude. Il observait. Ne parlait qu'à bon escient. Il dit seulement à Médard en le quittant :

« Tu dois dire la vérité, Médard, il est temps. »

Médard le regarda, surpris.

Élisabeth buvait lentement le café brûlant qu'avait préparé Marc. Regard fixé sur un point qu'elle ne voyait même pas, elle restait silencieuse. Un instant plus tard, Martine sortit de sa chambre.

« Thé ou café ? », demanda Marc.

Dans un sourire triste, elle répondit café. Elle s'assit sur une chaise basse qui était devant la cheminée. Les flammes dansaient dans l'âtre. Donnaient un peu de gaîté à la pièce. Marc la servit. Elle remuait le sucre, les yeux fixés sur la tasse.

« Je vous demande pardon pour hier, soir, dit Élisabeth à Martine d'une voix douce. J'ai cru que vous veniez le récupérer. »

Martine sourit. C'était plutôt à elle de demander pardon. Elle avait gâché la soirée de tous. Elle était désolée. Jamais elle n'aurait dû lire ces phrases. Maintenant, elle le regrettait.

« On veut toujours trop expliquer les choses », dit-elle.

Élisabeth sourit. Pensa très fort à sa mère. À ce qui l'amenait ici. Est-ce qu'elle n'allait pas, elle aussi, trop expliquer les choses ?

« On veut tous savoir quelque chose d'impalpable. Le passé doit-il nous façonner ? Ou seul notre avenir doit nous préoccuper ? »

Martine ne savait pas. Mais dès qu'elle avait ouvert ce cahier et lu ces lignes, elle avait compris qu'outre le fait que sa mère s'était privée d'une vie, ces événements l'avaient privée, elle, Martine, de sa mère. Et son père n'avait sûrement pas eu la vie qu'il attendait.

Élisabeth baissa la tête. Sa mère aussi n'avait pas épousé l'homme qu'elle aimait. Il était parti sans rien dire. Quelle similitude entre elles deux. Allait-elle parler à Marc ? Maintenant, elle ne savait plus ce qu'elle devait faire.

« Toute cette souffrance pour un amour interdit », ajouta Martine.

Bien sûr, rien aujourd'hui ne viendrait réparer l'outrage. Elle réalisa même qu'elle aussi s'érigeait en tribunal, comme ceux qui avaient jugé sa mère. Était-elle comme eux ? Réclamait-elle vengeance ? Elle se dit que non. Elle voulait simplement regarder dans les yeux ceux qui avaient fait ça. Avaient-ils été heureux d'avoir fait ça ? Avaient-ils été délivrés de quelque chose ?

Jojo sorti de la chambre en courant, le chien à ses basques, heureux d'avoir trouvé quelqu'un avec qui jouer.

« Maman, maman, je peux aller à la plage ? »

Cette phrase amena des sourires qui avaient disparu des lèvres depuis la veille au soir. Djamila dit que non, qu'il faisait mauvais temps. Marc rassura Jojo :

« Si ta maman veut bien, on va y aller tous les deux. En se couvrant bien, on n'aura pas froid.

— Dis monsieur, on peut amener le chien ?

— Je m'appelle Marc, et oui, on peut amener le chien.

— Vous venez ? demanda Marc aux filles. Un peu d'air frais fera du bien à tout le monde. »

Jojo sautait de joie. Sa mère l'habilla. En quelques instants, ils furent sur la dune. Marc était devant, avec Jojo et le chien. Ils descendirent la dune en criant. Au loin, Marc devina Médard qui longeait la mer, vers le sud. Mains dans les poches, il courbait l'échine sous le vent qui commençait encore à forcer. Les mouettes et les kayocs, à quelques mètres de la côte, plongeaient dans l'eau rouilleuse, en ressortaient avec un poisson. C'était alors un véritable ballet entre les oiseaux, qui essayaient de se chaparder les prises en criant. Jojo était aux anges. Le chien aboyait vers lui, comme une invitation à jouer. Ils étaient descendus sur la plage pour courir, non ? Alors, qu'est-ce qu'ils attendaient ? Jojo sembla comprendre l'épagneul. Il courut vers lui. Marc lança un morceau de bois vers eux et le chien l'attrapa à la volée. Jojo recommença le jeu en riant.

« Il est heureux ici, dit Marc, il aime courir sur la plage. »

Martine sourit.

« Tu te souviens de nos jeux, Marc ? De nos châteaux de sable ? Des fées qu'on y enfermait ? »

Ces paroles firent mal à Élisabeth. Elle jalousa cette complicité entre Marc et Martine. Non, c'était idiot ! Elle se le reprocha immédiatement. Elle comprit, une fois de plus, qu'elle aimait Marc. Qu'elle aussi était venue pour annoncer à Marc une chose plus qu'importante. Une nouvelle ahurissante : il avait un frère, qui était également son frère à elle ! Heureusement, il n'y avait aucun lien de sang entre eux. Elle pensait « heureusement », mais lui, il penserait quoi ? À cette question, elle ressentit un peu de froid. Elle ferma mieux sa veste. Maintenant, Médard se rapprochait. Il n'était plus qu'à quelques mètres. Le chien aboya.

« La paix, Flavius, dit Marc, c'est Médard. »

Médard eut un sursaut. Flavius, c'était quoi ce nom ? Il y avait longtemps que Marc avait ce chien ?

« Il est à mon père. Il me l'a confié le temps de mes vacances. Ici, il est mieux qu'en ville. »

Ce nom. Flavius. Médard ne comprenait pas. Le hasard était décidément en train de lui jouer des tours. Intérieurement, il maudit les treize lunes. Jusqu'à aujourd'hui, il pensait que c'était des croyances de vieux, des superstitions de vieilles femmes, mais là, franchement, la coupe commençait à déborder.

« C'est quoi ce nom ? L'année de sa naissance, il fallait employer la lettre F pour lui donner un nom ?

— Pas du tout. Depuis que mon père a des chiens, il les a toujours appelés ainsi. En amoureux de l'histoire, il avait adopté le nom de cet historien romain, Flavius Josèphe, qui, selon la légende, avait peut-être connu Jésus. Ça l'amusait. »

Médard était abasourdi. Il connaissait bien le père de Marc. C'était un brave homme. Il n'avait jamais reconnu en lui Flavius, le résistant qui lui avait confié ce fameux message qu'il n'avait jamais porté. Mais il faut dire qu'il l'avait si peu vu ce soir-là. De plus, les officiers allemands étant logés à proximité, l'éclairage de la chambre où il l'avait rencontré était très faible, il n'avait pas vu grand-chose. Ce nom, pourtant. Il se rassura, il n'y avait aucune raison pour qu'il y ait un lien avec ce souvenir. Et puis, si ça avait été lui, après la guerre, il serait allé voir cette fille de la vigne. Il se serait marié avec elle. Il avait épousé Madeleine, l'infirmière qui l'avait soigné. Donc, il n'y avait aucun lien avec ce Flavius-là. Le hasard, seulement le hasard, et rien d'autre. Il respira mieux. Jeta un bois dans l'eau. Flavius s'empressa d'aller le chercher et revint en éclaboussant Jojo, qui riait comme un fou.

X

La nouvelle avait fait le tour du village. Hier soir, à l'hôtel de la plage, il s'était passé de drôles de choses. Le patron, Pierre Marifon, ce matin, en allant chercher le pain, avait raconté.

« Martine, la fille de Robert...

— Robert, quel Robert ?

— Mais si, vous savez bien, celui qui venait avec sa fille en vacances en août, dans la villa Georges. Même qu'on ne comprenait pas l'absence de sa femme. Mais si, voyons, la gosse jouait toujours avec Marc. Même qu'adolescent, ils fréquentaient un peu. »

Ah, oui. C'est vrai. On se rappelait. Ils étaient voisins de villa avec les parents de Marc, et les enfants jouaient toujours ensemble. On disait sa femme malade des nerfs.

On tenait enfin quelque chose à raconter pour les jours à venir. Ces fichues heures d'hiver

143

paraîtraient moins longues. De chez le boulanger, la nouvelle était arrivée à l'alimentation. Médard avait dit la veille, en riant, que la marée avait apporté quelque chose d'intéressant : le matin, une jeune femme noire, et le soir, Martine. Paraît même qu'une autre jeune femme était arrivée, et que tout ce beau monde habitait chez Marc. Mais qu'est-ce que tout ça voulait dire ? À cette saison, ce n'était pas pour des vacances.

« Il paraît que la fille cherche à savoir ce qui s'est passé à la Libération dans le village. »

Ce qui s'était passé ? À quel sujet ? Pas grand monde ne s'en souvenait aujourd'hui. Mais elle cherchait quoi au juste ?

« La personne qui aurait tondu sa mère. »

Les gens se regardaient sans trop comprendre. D'ailleurs, beaucoup n'avaient pas connu cette époque, alors ces histoires anciennes, on s'en moquait un peu. Tondu sa mère ! Quelques jeunes éclatèrent de rire, croyant à une plaisanterie de mauvais goût. En rentrant chez elle, Ariette raconta à sa mère. Elle fit un signe de croix, comme pour conjurer le sort.

« Mauvaise période, dit-elle en maugréant. Comme si c'était utile d'en reparler ! »

Ces bruits étaient arrivés aux oreilles de la vieille Germaine. Elle avait connu cette époque. Difficile. C'est vrai qu'à ce moment-là, il valait mieux être du bon côté. Et le bon côté, quand on tient une petite épicerie en période de guerre, on ne sait pas trop où il est. La demande était forte, et l'approvisionnement délicat. À Bordeaux, au marché des Capucins, on ne trouvait pas souvent ce que l'on cherchait. Elle donnait sa liste au transporteur, mais Henri ne ramenait que ce qu'il trouvait : pas grand-chose. Alors Louis, son mari, avait essayé de se débrouiller. Avec son vélo, il partait à la campagne. « Les paysans ont toujours des ressources, disait-il, et ils aiment l'argent. »

Et c'est vrai qu'il ramenait souvent des œufs, du lard, parfois un jambon. Par un ami de Cussac, il arrivait même à trouver quelques bouteilles, qu'il vendait à Amélie pour sa buvette, ou à Pauldy, pour les dimanches où elle faisait danser les jeunes dans son bistrot. Le jeune Médard lui portait les lièvres et quelques lapins qu'il attrapait au collet. Louis les vendait dans l'arrière-boutique. C'était le temps de la débrouillardise, où seuls les estomacs dictaient la loi. Louis avait d'abord mis des provisions de côté pour la famille, ses deux gosses avaient faim, mais très vite, avec Germaine, ils avaient compris les bénéfices qu'ils pourraient en tirer. Pendant trois ans, ils avaient ramassé beaucoup d'argent. Beaucoup. Les enfants pourraient faire des études et quitter le pays. Ils monteraient peut-être même à la capitale, et leur gloire rejaillirait sur les petits épiciers de quartier qu'ils étaient. On ne les prendrait plus pour des obscurs, qui vendaient des chandelles à trois sous. À ce moment-là, ils avaient prêté le flanc à la critique. « Soit, nous avons gagné de l'argent, disait Germaine, mais sur les routes, avec les Allemands, Louis a pris des risques. Ils auraient pu le prendre pour un résistant ! — Menteuse, avait dit Novélia, sa voisine, il donnait aux Boches pour qu'ils le laissent passer, et nous, on tirait la langue parce qu'il vendait les produits hors de prix. »

Il faut dire qu'entre voisins, ils se jalousaient terriblement. D'après Germaine, Novélia lorgnait son Louis. « Cette dévergondée a compris qu'il y avait un peu d'argent chez nous, alors elle essaye de le détourner de moi. Mais je veille ! »

À la Libération, une nuit, l'épicerie de Louis avait été mitraillée par les FFI. L'épuration s'annonçait. Il faut dire que la veille, avec d'autres amis commerçants, ils avaient fait bombance, alors qu'autour d'eux, les estomacs étaient vides. Du coup, le lendemain, Germaine et Louis, opportunistes à souhait, ou carrément peureux, avaient distribué des conserves à prix tout à fait raisonnables, qu'ils avaient eues pour presque rien. Avec cette opération, ils s'étaient fait une nouvelle virginité. Alors, pour faire bonne mesure, Germaine et Louis avaient dénoncé aux nouvelles autorités. Novélia, l'ennemie de toujours, en premier. Mais, après quelques jours passés au maquis de Brach, elle était rentrée chez elle avec quelques bleus, personne n'ayant pu lui trouver une quelconque faute, malgré un traitement où la douceur avait été exclue ! Écœurée, elle avait quitté le village et trouvé une place à la ville. On n'avait plus jamais entendu parler d'elle.

Germaine, aujourd'hui, se souvenait de tout ça. Alors, lorsqu'elle avait appris que la petite cherchait les coupables, elle se sentit prête à lui en fournir plusieurs. Elle avait assisté à cette journée et avait tout vu de derrière ses rideaux. Par prudence, ils avaient fermé l'épicerie. « On ne sait jamais, un mauvais coup est si vite arrivé », disait-elle. Maintenant, elle devait aller au bourg. Elle mit son vieux foulard sur la tête, pour s'abriter du vent, prit le bâton qui lui servait de canne, celui qu'avait taillé Louis dans du bois de noisetier, et se rendit à l'épicerie. À cette heure, elle y trouverait le patron de l'hôtel qui achetait ses légumes pour le repas de ses rares clients de l'hiver.

Pierre Marifon choisissait des salades. Avec son air patelin, Germaine lui demanda des nouvelles de sa santé. Parla du temps. Dit que cette année des treize lunes l'avait détraquée. Elle ajouta que tous ces machins qu'on envoyait dans le ciel ne devaient pas arranger la météo non plus. Qu'elle n'était pas plus intelligente ni plus bête qu'une autre, mais qu'elle savait bien que tous ces trucs, comme elle disait, n'étaient pas bons du tout.

« Mon âge me permet d'observer, monsieur Marifon, c'est un privilège. Ça a commencé à se détraquer pendant la guerre, avec toutes ces bombes. »

Il tomba dans le piège. Justement, puisqu'elle parlait de guerre, est-ce qu'elle se rappelait des événements de la Libération dans le pays, parce qu'une jeune fille était arrivée hier soir et souhaitait savoir des choses.

« C'est pour ses études ? » demanda-t-elle, candide.

Pierre Marifon dit que non. Que c'était une affaire personnelle ayant trait à sa mère.

« Cette jeune fille aimerait comprendre certains faits qui se sont passés à la fin de la guerre.

— Mon pauvre monsieur, répondit-elle en s'excusant, mon Louis ne serait pas au cimetière, il vous en aurait dit des choses. Moi, la mémoire me manque parfois. Je mélange les noms. »

Elle se redressa et dit fièrement :

« Je ne voudrais pas faire de mal à qui que ce soit qui ne le mérite pas, vous comprenez. »

Pierre Marifon comprenait. Il tourna les talons. Elle le retint :

« À moins que Médard se rappelle. Oui, il est possible que Médard se rappelle. Je crois qu'il y était, ou en tout cas, pas loin. Enfin, je crois. »

Plus doucement, elle lui dit :

« Il était Fifi, vous le saviez bien sûr. »

Pierre Marifon savait que les vieux, au lieu de dire FFI, disaient souvent les Fifi. Un peu par dérision. Ces gens n'avaient pas eu que des amis.

« Je savais, mais il était chez moi hier soir quand elles ont posé la question, et il n'a pas répondu. »

Germaine éclata d'un rire sonore qui détonnait avec la situation. Elle comprenait qu'il n'ait rien dit. Comme les autres, le Médard, comme les autres. Fripouille et compagnie.

Les persiflages de la vieille épicière soulevaient le cœur de Pierre Marifon. Il connaissait sa réputation et se disait qu'elle avait certainement eu de la chance, elle aussi, de ne pas être tondue à la Libération.

*

* *

Marc était heureux qu'Élisabeth soit ici. Heureux aussi de la présence de Martine. Mais pourquoi la ribeyrote était revenue chez le landescot ? Il s'en félicitait, parce que s'il regardait Martine avec tendresse, il s'était rendu compte qu'il regardait Élisabeth avec amour. Il ne s'était pas trompé le jour où il l'avait rencontrée, c'est avec elle qu'il souhaitait faire sa vie. Curieusement, il la sentait nerveuse. Plusieurs fois depuis ce matin, il lui avait semblé qu'elle voulait lui dire quelque chose, mais il n'avait pas compris quoi. Il la connaissait, s'il la questionnait, elle ne dirait rien. Elle ne parlerait que lorsqu'elle l'aurait décidé. C'était sûrement ça le tempérament des ribeyrots. De l'orgueil ? Il ne savait pas. Bien sûr, elle avait été secouée par ce qu'elle avait entendu la veille au soir. Ces choses horribles qui remontaient à la surface après tout ce temps et que personne de leur génération n'imaginait. Ces gens, que l'on croyait respectueux des libertés parce qu'on leur avait pris la leur, réagissaient comme les bourreaux.

Dans la nuit, Marc avait eu du mal à s'endormir. Il avait essayé d'imaginer ce qu'avait vécu la mère de Martine. Il avait fini par trouver le sommeil et avait fait un rêve étrange : il était spectateur de cette période redevenue libre, où tous dansaient à perdre haleine une valse euphorique. Sortant de partout, des maisons, des forêts, des abris, de n'importe où et de nulle part, ils tournaient, tournaient sans cesse, bousculant, sans se soucier d'eux, d'autres danseurs pris dans la tourmente, les faisant tomber. Les rires énervés fusaient, accompagnant le bal. Le tableau était surréaliste : les danseurs, dans une ronde effrénée, piétinaient les autres sans s'en apercevoir. Ils riaient, ils dansaient, ils riaient, ils dansaient. Toujours plus vite. Toujours plus fort. Et puis, au bout d'un moment, il entendait la musique devenir fausse, baisser de ton, ralentir le rythme. S'arrêter. Une fois arrêtée, les danseurs, rires disparus, titubants, saoulés par la valse, hagards sur la piste de danse, regardaient, surpris, ceux qui étaient tombés. Sans rien comprendre. Silencieux. Le regard perdu. Un moment après, ils repartaient chez eux. Parfois, ils se retournaient, toujours silencieux, pour essayer de saisir ce qui s'était passé. Rien. Rien. Rentrés chez eux, ils fermaient les volets et s'endormaient, pour se réveiller le lendemain, l'oubli aidant, à une autre vie.

Marc s'était réveillé avec tristesse. Ce rêve lui taraudait l'esprit. Est-ce que le réveil, au lendemain de cette liberté retrouvée, avait effacé le délire de la veille ?

Ce que Marc savait, c'est que Martine ne partirait qu'après avoir retrouvé, pour sa mère, une autre vie. Un autre lendemain, pour effacer ceux, sans joie, qu'elle avait connus. Il lui semblait que la mémoire de sa mère l'exigeait. Pour cela, elle devait rencontrer des gens qui avaient peut-être été témoins. Elle voudrait savoir pourquoi dans cette danse effrénée, personne n'avait relevé sa mère. Marc pensa à cet enfant, Pierrot, dont elle avait parlé. Il devait avoir aujourd'hui une quarantaine d'années. Si on arrivait à le retrouver, il donnerait peut-être des renseignements. Il en parla au patron. Justement, ce matin, chez l'épicier, il avait rencontré Germaine. Elle savait des choses.

Germaine était encore à l'épicerie. Marc lui demanda si elle connaissait un garçon du nom de Pierrot. Elle comprit vite de qui il s'agissait. Et pourquoi. Oui, il devait avoir une dizaine d'années à la Libération. Enfin, elle croyait. Si c'était celui auquel elle pensait, il s'appelait Pierrot Sourbet et il était resté travailler au pays, chez un maçon du village voisin. Marc partit à sa recherche.

Pierrot Sourbet fut surpris par la question. Oui, il se rappelait de cette journée. À dix ans, il est des images qui vous marquent pour toute une vie. Surtout les violentes. Celles auxquelles on ne s'attend pas. Ce jour-là, il s'était rendu par curiosité sur la place de l'église. Comme les autres. Tout le monde chantait. Riait sans se cacher. Enfin. Il avait aimé. D'habitude, il n'avait pas le droit de circuler n'importe où et n'importe quand. Même l'école n'était ouverte que le matin à cause de l'occupant, mais ça, c'était plutôt bien. Mais ce jour-là, les Allemands n'étaient plus là pour interdire, quelle aubaine. Bébert et Maurice l'avaient emmené avec eux : « Viens voir, ils vont tondre des femmes, avaient-ils dit en riant, on va se marrer. »

Tondre les femmes ? C'était quoi cette histoire ? Enfin, il verrait bien. Il avait suivi. C'était pas tous les jours qu'on rigolait, alors il ne s'était pas fait prier. La place était noire de monde. En jouant des coudes, il avait réussi à être au premier rang. Il n'avait jamais assisté à une telle fête. Les gens paraissaient excités. Ils parlaient fort. Il avait bien vu que certains avaient bu. Ils titubaient. Des militaires étaient présents.

C'était la première fois qu'il en voyait qui avaient l'air français. Armes en bandoulière, ils se tenaient sur le marchepied d'une Citroën noire. Une traction avant. Avec les lettres FFI et une croix de Lorraine peintes sur les portières à la peinture blanche. Il avait vu des gens amener des dames et un homme. Ils étaient en chemise de nuit, mains attachées derrière le dos. Ils avaient l'air tristes. Inquiets. On voyait bien qu'ils avaient peur. Là, lui-même avait eu un début de crainte, mais ses copains riaient, alors il avait été rassuré. C'est alors que, stupéfait, il avait reconnu sa jeune voisine, Aline, tenue par deux hommes. Il l'aimait comme une sœur. Sa longue chevelure tombait sur ses épaules. Une fois où il se faisait couper les cheveux chez Irène, Aline s'y faisait coiffer. Le fer à friser lui avait fait des crans magnifiques. Pierrot s'était dit que les anges dont lui parlait le curé, s'ils existaient, sûr, devaient être comme elle. Alors, la voir ici aujourd'hui le stupéfiait. On n'allait quand même pas lui couper ses merveilleux cheveux. De quoi l'accusait-on ? Quelqu'un allait venir la défendre. La tirer de ce mauvais pas. Elle ne faisait rien de mal. Elle apprenait à coudre chez Lucienne, route de la gare. Sa mère, veuve, faisait des ménages et vivait chichement. « Pauvres mais honnêtes. Pour se sortir d'affaire, il n'y a que le travail, alors ma fille apprend un métier, comme ça, elle se sauvera », disait-elle en essuyant du coin de son vieux tablier une larme qui coulait sur sa joue vieillie par la misère. Mais Aline semblait heureuse. Studieuse, elle avait déjà un joli talent de couturière, et savait déjà se faire des robes dans de vieux tissus trouvés par-ci par-là.

Des hommes l'avaient fait monter avec les autres sur le kiosque à musique, où la fanfare allemande jouait parfois le dimanche. Elle baissait la tête. Les cris fusaient de partout. Ce bruit avait fait peur à Pierrot. Il regrettait d'être venu, mais il était hypnotisé par le spectacle. Un homme fit mettre Aline à genoux. Lui fit lever la tête. Elle avait l'air terrorisée. Il avait une mitraillette à l'épaule. Avec une main, il fit baisser la tête d'Aline et, ciseaux dans l'autre main, il trancha net la belle chevelure qu'il tendit à la foule qui hurla de plaisir, tandis qu'un autre rasait le crâne. Chaque coup de tondeuse était salué par des vivats. Des cris de joie. C'est à ce moment-là que l'envie de vomir l'avait pris. Il était parti en courant et avait vomi derrière un des platanes qui ceinturaient la place de l'église. Il était parti chez lui en courant. Sa mère, le voyant revenir en pleurant, s'était inquiétée. Entre deux sanglots, il lui avait raconté la scène. Comprenant alors son escapade, elle lui avait donné une bonne paire de claques.

« Je n'ai pas oublié le visage de l'homme qui l'a tondue », dit-il les larmes aux yeux.

Mais pourquoi lui parlait-on aujourd'hui de cette affaire ? Il s'était écoulé tant de temps. Marc lui dit que la fille de cette femme voudrait savoir pourquoi sa mère avait payé d'une façon indigne le crime d'avoir aimé un Allemand. Pierrot comprenait, mais n'avait pas beaucoup d'explication à donner. Bien sûr, dans les jours qui avaient suivi, tous les gens du village étaient fiers d'avoir pu juger, comme ils disaient, une collaboratrice horizontale. D'ailleurs, il n'avait compris ce terme que bien plus tard. Il avait alors réalisé le grotesque de cette affaire. Pour lui, collaborer, c'était autre chose de plus sale. De plus vil. Marc lui raconta la honte de toute une vie qu'elle avait ressentie, et qu'elle l'avait écrit sur un cahier jaune. Sa fille l'avait découvert par hasard. Elle était au village depuis la veille. Elle voulait savoir s'il restait encore des témoins. Elle voulait comprendre pourquoi sa mère avait été jugée si durement pour un acte d'amour, et pourquoi personne n'était intervenu.

« Sa fille s'appelle Martine. Vous pourriez la rencontrer ? »

Pierrot hésita un instant. Qu'est-ce qu'il allait lui dire ? Il était si jeune à l'époque. Et il avait été si impressionné par le spectacle. Enfin, si elle le souhaitait.

« Elle sera contente de parler avec un témoin de ce jour là. »

XI

L a nuit était tombée tôt. Les nuages avaient caché le soleil toute la journée. À cette période de l'année, les jours étaient les plus courts, et cette noirceur précoce, mêlée au vent et à la pluie, faisait un décor angoissant. L'océan et les nuages, parfois striés au large par des éclairs d'un orage lointain et silencieux, semblaient être une seule et même chose. Grise. Lugubre. Les lampadaires de la rue tremblaient sous les rafales, et leur lumière blafarde éclairait les raies de pluie qui se déplaçaient rapidement, s'enfuyant sous le vent et disparaissant dans le noir.

« Vivement la Sainte-Luce, dit Élie, les jours allongeront d'un saut de puce. »

Pierre Marifon fit oui de la tête. Pour lui remonter le moral, il aurait fallu que les puces se forcent à sauter davantage, parce que la lumière d'une longue journée commençait à lui manquer.

« Tu tiendrais pas bistrot au pôle Nord, dit Élie en riant.

— Pas vraiment, tu sais, moi, l'hiver.

— Alors pourquoi tu ouvres ton commerce ? »

C'est vrai qu'il aurait pu fermer, comme beaucoup d'autres qui se contentaient de la saison. Mais il admettait que dans le fond, il aimait bien l'hiver. Il aimait bien cette ambiance où se retrouvaient les gens de l'endroit.

« Je me refais une santé avec vous, pour mieux bourlinguer pendant la saison à venir. »

Bourlinguer. Marc avait ce mot en commun avec lui. D'abord parce que son père avait navigué sur toutes les mers du globe et fait escale dans tous les ports d'Afrique et d'ailleurs, ensuite parce que lui avait travaillé dans l'industrie pétrolière, au hasard des chantiers. Le patron de l'hôtel bourlinguait parmi les clients de l'été qui venaient de tous les pays, et lui, Marc, il avait eu besoin, pour les rencontrer, d'aller dans ces pays. Pourtant, lorsqu'ils parlaient de certains étrangers, curieusement, ils les analysaient de la même manière. « Ce qui prouve bien, disait le patron, qu'il ne faut pas partir bien loin pour voyager et connaître les gens. Il suffit de regarder et d'écouter. »

Connaître les gens. Tel était le problème de Marc aujourd'hui. Élisabeth était comment ?

Pourquoi la ribeyrote était arrivée comme un cheveu sur la soupe ? Pourquoi était-elle revenue ? Se languissait-elle du landescot qu'il était ? Il l'écouterait volontiers, mais elle n'avait rien dit de la journée. Elle avait passé son temps à parler avec Martine et Djamila, et chaque fois qu'il approchait, leur conversation s'arrêtait. Comme s'il les avait gênées. Un comble ! Alors, après avoir rencontré Pierrot, il avait passé son temps à jouer avec Jojo et le chien. Heureusement qu'il était là, celui-là, sinon Marc aurait erré comme un pauvre solitaire. L'enfant avait posé un tas de questions. « Qu'est-ce que tu fais ? Tu habites ici tout le temps ? T'as un papa ? Il est où ? » Des questions d'enfant, toutes aussi saugrenues que naturelles.

Le patron servit un verre à Élie.

« La nuit s'annonce encore agitée. On ne sortira pas de cette tempête, ça va faire trois jours. Elle dit quoi la météo ? »

Élie sourit. La météo ! Pfft…

« Et tu veux qu'elle dise quoi, la météo ? Tu crois qu'ils le savent, les savants, le temps qu'il fera demain ? C'est pas depuis leur bureau qu'ils vont savoir si le soleil brillera un jour prochain.

— Enfin Élie, ils ont des appareils sophistiqués qui leur permettent… »

Élie éclata de rire.

« T'as qu'à croire, ils annoncent du beau temps sans regarder le ciel. Tu l'as regardé, toi, le lever de soleil de ce matin ? »

Non, Pierre Marifon n'avait pas regardé le lever de soleil. Il n'avait pas eu le temps. Ou il n'y avait pas pensé. C'est vrai qu'ici, tous les jours, les gens regardaient le ciel et la mer. Le lever et le coucher du soleil. Auscultaient les odeurs qu'apportait le vent qui venait du sud. Du nord. De l'est. De l'ouest. Qui amenait souvent du désagrément. Mille petits signes leur disaient ainsi le temps à venir. Souvent, l'été, quand la météo était indécise, les vacanciers demandaient aux gens du coin ce qu'ils en pensaient. Médard, malicieusement, répondait : « Rassurez-vous, ça va changer à la marée de onze heures. »

Du coup, certains pensaient que tous les jours à onze heures, la marée, régulière comme une horloge, changeait le mauvais temps en beau temps !

« Eh bien, ce matin, l'aube était rouge, mon ami, dit Élie, très rouge. Les vieux disaient en patois : *aoùbe roudieu, ben ou plouge.* »

Pierre Marifon le regarda perplexe.

« C'est du gascon, dit Élie en souriant, je traduis : "Aube rouge, vent ou pluie". Et qu'est-ce qu'il fait en ce moment ? Du vent et de la pluie. »

Peut-être qu'il avait raison, mais ce n'était pas sûr à tous les coups.

« Comme pour la météo, dit en riant Élie, ce n'est pas sûr à tous les coups. »

Pierrot entra dans le bar. Regarda autour de lui.

« Tiens, dit Élie, Pierrot Sourbet, ça fait une paye qu'on t'a pas vu par ici. Ça va ? »

Pierrot allait bien. S'il ne venait plus très souvent, c'était à cause de son travail, qui l'emmenait souvent loin du village, dans tout le Médoc. Mais ce soir, il venait pour rencontrer quelqu'un. Un homme envoyé par la vieille Germaine était venu le voir ce matin sur le chantier.

« Ah, cette Germaine, dit le patron, je l'ai vue aussi. Elle sait fouiner dans le passé comme personne. Ou elle sait, ou elle ment, mais elle ne peut pas s'empêcher de parler. »

La porte s'ouvrit. Marc entra avec Martine, Jojo, Élisabeth et Djamila. Jojo courut vers le patron :

« Tu me donnes un verre de limonade verte ? »

Le patron s'exécuta avec le sourire, lui servit un diabolo menthe, tandis que la mère grondait l'enfant pour son culot. Jojo se rendit directement vers le flipper, ignorant la remarque, les laissant entre eux. Le flipper, ça serait sûrement plus intéressant que tout le reste. Pierrot, troublé, regardait Martine. Marc n'eut pas besoin de faire les présentations. Pierrot parla le premier :

« Vous êtes la fille d'Aline. Vous lui ressemblez tellement. »

Martine était émue. Pierrot était tel qu'elle se l'imaginait.

Il avait l'air tellement gentil. Tellement doux. Ça ne l'étonnait pas que sa mère l'ait adoré enfant. Elle s'approcha de lui. Lui prit les mains. Il laissa faire. Entre eux, un lien de tendresse s'était créé instantanément. Il lui dit que, ce matin, la visite de Marc avait réveillé en lui des souvenirs douloureux. Qu'il croyait enfouis très profond.

« Ma mère, dit Martine, a écrit que vous aviez été le seul à lui avoir manifesté de l'amitié ce jour-là. »

Pierrot sourit. Il l'avait montré d'une façon bien vulgaire, en vomissant au spectacle.

« Peut-être, mais tous les autres se sont réjouis, alors que vous, vous êtes parti en pleurant. »

Oui, il était parti en pleurant. En arrivant chez lui, sa mère l'avait puni pour avoir été sur la place de l'église. Lorsqu'il lui avait dit que des hommes avaient tondu Aline, sa mère avait fait un rapide signe de croix en fermant les yeux. Le soir, elle n'avait pas osé frapper à la porte de ses voisins. La mère et la fille devaient être en proie à un grand désarroi. Elles auraient sûrement eu besoin de réconfort. Elle n'avait pas osé. Deux jours après, elles avaient déménagé vers Bordeaux.

La mère de Pierrot les avait accompagnées à la gare, les aidant à porter leurs maigres valises. Elles n'avaient pas échangé un seul mot. Lorsque le train était parti de la gare en sifflant, la mère d'Aline avait seulement dit merci. Pierrot n'avait pas pu détacher son regard d'Aline, qui avait un foulard serré autour de la tête. Elle baissait les yeux, rougis et gonflés par les larmes. Il ne les avait jamais plus revues.

« Elles se sont installées dans une petite maison vers les quais, rue Poyenne, dit Martine. Ma grand-mère faisait des ménages, et ma mère était plongeuse dans un bar des quais. Plus tard, j'allais voir ma grand-mère, qui a toujours habité à cet endroit jusqu'à sa mort. »

Si Martine était là aujourd'hui, c'était à cause de ce fameux cahier jaune qu'elle avait trouvé à la mort de ses parents. Elle avait ainsi découvert l'horreur qu'avait vécue sa mère et la honte qui l'avait suivie toute sa vie.

« Je voudrais savoir qui a osé commettre cet acte de vengeance lamentable. Je voudrais les regarder en face. »

La porte s'ouvrit, laissant passer Médard. Pierrot leva les yeux dans sa direction.

« C'est lui », dit-il sans hésitation.

Un silence curieux s'installa. Un éclair zébra le ciel. Cette fois, le tonnerre approchait. La pluie redoubla sur les vitres. Tous les regards étaient tournés vers Médard. Il les regardait un par un. Il lança :

« C'est lui quoi ? »

Pierrot reprit :

« J'en suis sûr, c'est bien lui pour votre mère. Le regard n'a pas changé. »

Médard ouvrait grand les yeux. Leur demanda à quoi ils jouaient. Si c'était un jeu pour chasser l'ennui, ou pour oublier l'orage et le mauvais temps.

« Ce n'est pas pour oublier, Médard, que je suis là, c'est pour comprendre, vous le savez. »

Le visage de Médard était en train de changer. Il semblait gris, alors que d'habitude ses pommettes étaient plutôt rouges.

« Mais qui est tu, toi ? dit-il à Pierrot.

— Je suis Pierre Sourbet. J'ai habité ce village pendant la guerre. Je suis allé à l'école ici, mais j'ai quitté l'endroit, avec mes parents, pour aller dans le village voisin, à cause du travail de mon père. Je travaille dans la maçonnerie. Jacques, mon père, allait à la pinasse avec vous, mais moi, j'étais petit et je vous regardais depuis la dune. J'aimais regarder. J'apprenais à reconnaître les bancs de brignes ou de mules, alors, quand j'ai vu quelque chose et que c'est rentré dans ma tête, je n'oublie plus. C'est pourquoi en vous voyant, j'ai dit : "C'est lui. J'en suis sûr". »

Médard confirma. C'était bien lui, effectivement, qui autrefois, péchait avec la pinasse et les pêcheurs du cru. Exact. Et il se rappelait bien de Jacques.

« Un fameux gars pour souquer sur les rames, celui-là. Avec lui, les brisants étaient passés en un rien de temps. Les autres équipages nous le jalousaient. Et toi, petit, je peux t'appeler petit, tu as embarqué quelquefois ? »

Tout en discutant, il s'était rapproché du comptoir.

« Sers-moi un blanc s'il te plaît. »

Le patron le servit. Les autres ne parlaient toujours pas. Ils le regardaient sans trop comprendre. Seule, Martine le fixait avec un regard douloureux. Si Pierrot ne se trompait pas, elle l'imaginait une paire de ciseaux à la main, en train de couper les cheveux de sa mère, lui enlevant ainsi toute sa féminité, pour lui montrer que cette féminité avait été salie par le Boche, comme ils avaient dit, donc, elle avait insulté la France. Elle se rappelait de Médard les étés de sa jeunesse, lorsqu'elle était avec son père. Ils avaient côtoyé régulièrement celui qui avait brisé la vie de sa mère. Son père avait vécu une partie de ses étés avec lui. Sans rien savoir. Sans imaginer les démons qui habitaient son épouse. Ils avaient fait des parties de pêche ensembles. À la mer. Dans les étangs.

« Tu n'as pas répondu, dit Médard, tu as embarqué quelquefois ?

— Non, je suis parti trop jeune d'ici. »

Martine s'était approchée de Médard. Debout devant le comptoir, il les regardait tour à tour. Il avait bien compris la situation. Il avait bien compris la question. Un vent de panique montait en lui. Il sentit un léger tremblement dans les jambes. Il se cala, dos au comptoir. Maintenant, il cherchait de l'aide dans un regard. Élie baissait la tête, regardait son verre en le tenant des deux mains. Une manière de dire qu'il ne pouvait rien faire. Qu'il ne le souhaitait peut-être même pas. Il lui avait bien dit hier soir, en le quittant : « Tu dois dire la vérité Médard, il est temps. » Martine, maintenant, était face à lui. Elle le regardait avec tristesse. Il baissa la tête, ne pouvant soutenir son regard. La voix de Pierrot résonna dans le silence des lieux, accompagnée par le souffle lugubre du vent :

« C'est lui qui a rasé le crâne de votre mère, j'en suis sûr. »

Il revoyait la scène. Des larmes coulaient sur son visage.

« Vous, Médard ? C'est vous qui avez fait ça ? C'était si grave ce qu'avait fait ma mère ? C'était si grave d'aimer ? »

Elle avait dit ces paroles sans méchanceté, sans agressivité. Elle avait tellement de souvenirs de sa gentillesse lorsqu'elle était enfant, qu'elle n'arrivait pas à être furieuse contre lui. Médard baissait les yeux. Au bout d'un moment, on l'entendit murmurer des phrases presque inaudibles. Il semblait se parler à lui-même. Ces mots sans suite. Élie, lui, les comprenait.

« Dites-moi pourquoi, Médard, dites-moi pourquoi. »

Il la regarda quand même. Son visage avait pris dix ans.

« Aux yeux de tous, elle avait fauté. L'ennemi, c'était l'ennemi. D'ailleurs, tu l'as lu hier soir, elle l'a avoué. »

Martine hurla presque :

« Elle n'a pas fauté, Médard, elle a seulement avoué avoir aimé, et vous l'avez punie pour ça. »

Maintenant, la colère l'envahissait. Montait en elle comme l'orage montait dans le ciel, avec toujours plus de force. De violence. De rage.

« Bien sûr, vous, vous n'avez jamais aimé. Vous êtes seul. Tout seul. Et vous finirez seul. Tout seul ! »

Médard se redressa. Son regard redevint dur. Sévère. Il fixa Martine en plissant les yeux :

« Comment tu sais si j'ai aimé ou pas ? Demande donc à ceux d'ici. »

Il se tourna vers Élie.

« Dis-leur, Élie, dis-leur que j'ai aimé. Que j'ai été aimé. »

Élie ne savait pas trop. Il se rappelait seulement que lorsque les jeunes du pays parlaient de filles, Médard faisait allusion à une certaine Fanny avec qui il devait se marier. Mais personne ne savait qui elle était, ni dans quel village elle habitait.

Médard redevint doux. Très doux. Un sourire triste éclaira son visage.

« Ah, si vous l'aviez connue. Elle était jolie. Douce. Nous n'avions même pas vingt ans. Les pins et les fougères ont été les seuls témoins de notre amour. Ces pins où nous adorions nous promener... Cette mousse douce qui accueillait nos instants de douceur. Nous avions des joies simples, comme s'asseoir sur le sable blanc de l'étang du Cousseau et regarder le vent jouer avec les roseaux. Elle venait avec moi, le matin de bonne heure, lever les nasses dans ce petit coin de rêve. Au point du jour, quand le soleil se levait dans les brumes d'est, elle me disait qu'on serait heureux. »

Il haussa le ton d'une manière terrible. Au bruit, Jojo cessa un instant de jouer, puis reprit sa partie.

« Mais on me l'a prise un jour d'été, ma Fanny. Sauvagement. Cruellement. Ce n'était pas son vrai nom, mais pour moi elle s'appelait comme ça. Pour moi seulement. Et elle s'appellera toujours comme ça. »

Des larmes coulaient sur ses joues où apparaissaient quelques rides. Subitement, Élie comprit pour Fanny.

« Mais alors, Médard, Fanny, c'était… Julienne ? Celle qui a été… »

Médard le coupa en hurlant :

« Celle qui a été tuée et violée par des soldats allemands, oui, c'était elle. »

Plus personne n'écoutait le vent ou la pluie. Plus personne n'écoutait les rafales violentes, qui gonflaient sans cesse. Seul le bruit du flipper amenait une note gaie. Incongrue. L'enfant riait, seul dans son monde de jeu, tandis que d'autres se déchiraient. Se torturaient. Ce cahier jaune avait réveillé des souvenirs. Des hontes. Des douleurs. Les peines enfouies au plus profond des êtres avaient explosé le vernis qui les habillait et les rendait silencieuses. Maintenant, la chair était à vif. Tout était plaie. Chez Martine, chez Médard, chez Élie, chez Pierrot. Marc était désemparé.

Élisabeth se sentait de trop dans cette situation qui ne la concernait pas et où elle avait mis les pieds sans le vouloir. Si elle avait pu, elle serait repartie sans un bruit vers ce pays des ribeyrots qui était le sien. Les landescots, ce soir, lui faisaient honte. Lui faisaient mal. Des barbares, se disait-elle, des barbares sous un air patelin.

Médard, un peu calmé maintenant, pouvait tout expliquer. Quand, avec ses copains résistants, ils étaient arrivés sur la place, ils avaient eu envie d'empêcher ces débordements, mais les gens avaient besoin de vengeance. Ils avaient tellement souffert. Il se rappelait avoir demandé ce que ces femmes avaient fait. Quand il avait su qu'elles avaient couché avec l'ennemi, il avait revu sa Fanny morte sur le bord d'un chemin, tuée par ces mêmes soldats qu'il imaginait, forfait accompli, partir en se rhabillant et en riant. Son sang n'avait fait qu'un tour et il avait participé, comme les autres, à ce qui ressemblait à une curée féroce.

« Parce que les collabos, il y en avait partout, cria-t-il, y compris chez les ribeyrots, ma chère Élisabeth. Tes chers ribeyrots qui vendaient du vin à l'ennemi ! »

Élisabeth fut étonnée par cette attaque qu'elle ne comprit pas. Le ton de Médard montait de plus en plus. Il était de nouveau agressif. À la limite de la méchanceté.

« De la vengeance, il y en a eu pour tout le monde, parce que c'était nécessaire. »

Il éclata d'un rire nerveux.

« Je me rappelle d'un message que je devais faire passer à un vieux de Cussac pour sa fille. Elle l'attend encore ! »

À ces mots, Élisabeth dressa l'oreille. Un vieux de Cussac ? Et un message de quoi ?

« D'amour, dit Médard en riant nerveuse-ment, d'amour et toujours d'amour. Un blessé qui demandait à sa promise de l'attendre, il ne reviendrait que dans quelques mois. J'y suis allé, mais avant, j'ai appris que le père de la fille trafi-cotait avec l'ennemi. Du coup, j'ai jeté le message de Flavius à la rivière. »

Flavius ? Marc avait bien entendu ? Flavius, c'était quelqu'un ? Comme le nom de son chien ? Bien sûr, dit Médard, et Flavius était même un fameux bonhomme. Tous savaient que c'était un agent de renseignements qui fouinait dans tout le Médoc. Personne ne savait son vrai nom, mais son nom de guerre était connu et les Allemands le recherchaient. Médard l'avait rencontré seule-ment dix minutes, au préventorium du Moutchic, alors qu'il était blessé. Il ne l'avait plus revu. Marc s'étonna de ce nom que son père donnait à tous les chiens qu'il avait eus. Pourquoi ? Élisabeth était devenue pâle. Les images se bousculaient dans sa tête. Elle échafaudait des hypothèses. Cet homme qui prévenait de son absence celle qu'il aimait. Ce message qui n'arrivait pas. Qui n'était jamais arrivé. Elle ferma les yeux, se dit que c'était peut-être l'amant de sa mère. Le père de son frère. Le père de Marc. Elle était arrivée ici pour dire à Marc qu'elle l'aimait. Qu'elle s'était éloignée par peur. Elle était revenue pour porter de la joie. Pour recommencer un bonheur interrompu. Mais le hasard en avait décidé autrement. La tempête qui sévissait sur la côte avait envahi les esprits. D'une voix faible, Élisabeth demanda à Médard :

« Vous vous rappelez le nom de cette femme ? »

Il se rappelait du nom, vu qu'il portait le même qu'un parent à lui : Meyre.

Des Meyre, en Médoc, il y en avait partout. Élisabeth le lui dit :

« Des Meyre, il n'y en a pas que chez les ribeyrots, il y en a partout, même chez les landescots. »

Médard fut formel :

« Celui-là, il était de Cussac. Paraît même qu'il avait un petit château. »

Élisabeth prit sa tête dans ses mains. Elle avait vu juste. Médard avait fait du mal à la mère de Martine et à sa mère. Il avait détruit les deux.

Flavius n'était pas revenu. Ou s'il était revenu, plus tard, il avait dû constater que Colette était mariée. Mais qui était vraiment Flavius ? Le père de Marc ? Le père de Paul ? Pourquoi le père de Marc appelait tous ses chiens Flavius ?

XII

MARTINE ÉTAIT DÉSEMPARÉE. Après les révélations de Pierrot et la confession de Médard,
elle était restée silencieuse. Elle avait de la peine
à réaliser que c'était l'atmosphère de l'époque
qui avait brisé sa mère et tous les autres. Médard
avait été prisonnier de cela. Le pire, c'est qu'elle
avait de la peine pour lui. Elle l'avait senti tellement accablé. Son histoire l'avait attristée. Lui
aussi avait été malheureux toute sa vie. Comme
sa mère. À cause d'un amour perdu. Mais était-ce
une raison pour qu'il se venge comme il l'avait
fait ? En dégradant une femme ? Elle pensait que
non, mais pourtant, son envie de vengeance,
qui l'animait en venant ici, l'avait en partie quittée. Elle s'était rendu compte qu'en ce temps-là,
tous avaient souffert. Durement. Cruellement.
Aujourd'hui en vie, demain mort. Même pour
rien. Juste pour une suspicion. Mais ce n'était pas

une raison pour agir comme ça. Gratuitement. Elle pouvait comprendre les peines de tous. Les amertumes de tous. Mais quand même. « Tu sais, avait dit Élie, tous avaient tellement souffert de privations. De manque de liberté. Leur quotidien était si dur. Si aléatoire. Ils étaient comme un cheval qui piaffe d'impatience et qu'on libère d'une bride sur le cou. Il part alors d'un seul coup, en courant vers des espaces de liberté, sans s'occuper des clôtures qui pourraient le gêner. Dans sa course vers la liberté retrouvée, il fonce tête baissée. Ivre d'espace. C'est tout. »

Martine gardait malgré tout le sentiment que ces attitudes de vengeance paraissaient grossières. Certains devaient être sûrement punis, pensait-elle, mais par de vrais tribunaux, et pas par une vengeance grotesque. Inhumaine. Sauvage. Inexcusable. Même avec le recul, trente ans plus tard, elles ne plaidaient pas en faveur de ceux qui les avaient faites.

Médard s'était éloigné du comptoir. Il voulait partir. Il n'avait plus rien à faire ici. Maintenant qu'il s'était livré, est-ce que demain ses amis seraient toujours ses amis ? Tous ces événements qu'il avait relatés ce soir, lui aussi il les avait enfouis dans sa mémoire. Avec le temps, il avait fini par les relativiser. Par presque les oublier. Mais ce soir, il avait eu l'impression de revenir à cette époque. Il ressentait les mêmes doutes. Les mêmes douleurs. La même volonté de venger Fanny. Sa Fanny. Il s'était livré, maintenant, et se sentait curieusement coupable mais soulagé. Il allait rentrer chez lui. Personne, bien sûr, ne le retiendrait. Ce n'était pas un tribunal qui était dans le bar de l'hôtel de la plage, seulement des gens qui cherchaient à comprendre. « Il n'y a rien à comprendre, avait-il dit. C'est comme ça. Le mal est fait. On ne le savait pas. » Il les regarda tous, puis fixa Martine. Il réalisait le mal qu'il avait fait à sa mère. Jamais il n'avait imaginé les conséquences. D'une voix grave, il lui avait demandé pardon. Elle n'avait pas répondu. Il avait ouvert la porte sur la tempête qui soufflait en courant d'air striant, et avait disparu dans la nuit sous la pluie.

Élisabeth avait les yeux fixes. Braqués sur le sol. Ailleurs. Comment savoir pour Flavius ? Comment vérifier s'il était l'homme dont lui avait parlé sa mère ? En rentrant chez Marc, elle s'était attardée devant le feu de cheminée. La soirée avait été dure, Martine et Djamila étaient restées à l'hôtel. Elles y passeraient la nuit. Marc rajouta quelques bûches sèches. Un crépitement d'étincelles troua le silence et raviva la lumière dans la pièce. Il demanda à Élisabeth si elle voulait prendre un verre. Elle fit signe que oui. Il apporta une bouteille de Sainte-Croix-du-Mont. Servit. Porta le verre à ses lèvres. Questionna Élisabeth en souriant :

« Il est comment ce vin ? »

Elle ne répondit pas.

« Tu as perdu tes facultés gustatives ? » demanda-t-il en plaisantant.

Elle répondit que non. Ces deux dernières soirées la perturbaient. Elle avait la tête vraiment ailleurs. Il lui dit gentiment qu'il croyait que les ribeyrots ne perdaient jamais leur calme. En plus, ces histoires ne concernaient que les landescots.

« Avec les révélations de Médard, les ribeyrots en ont pris un sacré coup sur leur honneur », dit-elle.

Marc sourit. Ce n'était pas parce qu'un vieux grigou vendait son vin aux Allemands que le Médoc du vin était collabo. Ils devaient avoir été nombreux à commercer ainsi.

« Par contre, ce n'était pas une raison pour Médard de ne pas porter le message qu'on lui avait confié. Il a très mal agi. »

Il soupira.

« Je découvre un Médard que je n'imaginais pas. Alors que je le connaissais tout en gentillesse, maintenant, il me fait un peu peur. Comment on peut cacher ses sentiments aussi longtemps ? Si ça se trouve, à cause de ce message qu'il n'a pas porté, il a encore fait des malheureux. »

À ces mots, Élisabeth s'écroula, en larmes. Surpris, Marc s'approcha d'elle et la prit dans ses bras. Elle se blottit contre lui, le visage ravagé par les pleurs. Il lui caressa les cheveux. Il ne comprenait pas ces sanglots. Sans doute réagissait-elle maintenant à l'intensité des instants vécus précédemment. Sans doute. Il lui parla doucement à l'oreille. Lui demanda de se calmer. Cette histoire ne la concernait pas. Elle était arrivée là par hasard. À un mauvais moment. Elle redressa la tête. Le regarda avec tristesse. En un instant, il se dit qu'elle était venue pour rompre. Il ferma les yeux. Se rendit compte qu'il l'aimait vraiment. C'était elle, cette ribeyrote têtue, qu'il voulait pour compagne, lui, le landescot poète.

Dehors, la tempête soufflait toujours autant. Si Élisabeth était vraiment venue pour ça, Marc se dit qu'à partir de ce soir, il aimerait moins les hivers. Il était d'accord sur un seul point avec Médard : cette année des treize lunes était vraiment triste. Vivement qu'elle se termine.

« Marc, je ne suis pas venue ici par hasard. Je suis venue te dire quelque chose d'important et chercher une explication. Je me demande si Médard ne me l'a pas fournie. »

La crainte de Marc s'accentua. Élisabeth était vraiment venue pour rompre. Mais quelle explication cherchait-elle ? C'est plutôt elle qui devrait donner une explication. Ses parents refusaient le landescot ? Elle ne l'aimait plus ? Et que venait faire Médard dans tout ça ? Il pensa tout de suite au vieux qui vendait son vin à l'ennemi. Il posa la question :

« Tu connais le vieux dont il a parlé ? »

Oui, elle le connaissait.

« Il s'appelait Gaston Meyre et c'était mon grand-père. »

Qu'importe, répondit Marc, ce qu'avait fait son grand-père n'était quand même pas si terrible que ça. Après tout, il ne faisait que son métier : vendre du vin. Avait-il seulement été inquiété à la Libération ? Élisabeth ne savait pas trop. Petite, il y avait des restes de peinture noire sur les murs du chai qui ressemblaient à une croix gammée, c'est tout ce dont elle se rappelait. « Alors, quelle importance ? » avait dit Marc, la suppliant presque :

« Si tu as quelque chose d'important à me dire, dis-le vite s'il te plaît. »

Elle comprit ses craintes. Se dit qu'elle allait lui faire mal. Elle ne savait pas par où commencer. Il fallait surtout qu'elle éclaircisse cette histoire de Flavius. Elle posa la question :

« Marc, ton père était dans la Résistance ? »

Pourquoi cette question ? Il ne chercha pas à comprendre. Il la connaissait assez pour savoir qu'elle ne posait pas de questions comme ça, au hasard. Marc pensait que son père avait appartenu à un réseau, mais qu'il n'aimait pas en parler, disant qu'il n'avait rien fait de plus qu'un tas d'autres jeunes comme lui. Et plutôt moins qu'eux. Il savait aussi qu'il avait participé à la fameuse bataille du Médoc, et qu'après, il avait suivi sa brigade jusqu'en Alsace. À son retour, il avait épousé Madeleine, qui était infirmière. Le travail manquait dans la région, alors, il s'était embarqué et avait fait carrière dans la marine marchande. Il ne savait rien d'autre. Élie savait peut-être, mais il n'en avait jamais parlé avec lui.

D'un coup, Marc pensa au message que Médard n'avait pas remis.

« Mais alors, le message, si c'était ton grand-père, c'était pour ta mère ? »

Élisabeth fit oui de la tête.

« Vraiment ?

— Oui, vraiment. »

Marc n'en croyait pas ses oreilles. Quelle coïncidence étrange. Élisabeth vient pour le voir, lui annoncer une nouvelle. Elle assiste, sans l'avoir voulu, à ces deux soirées étranges, et elle découvre une partie de la vie de sa mère ! Une véritable histoire de fou. Il se rappela sa phrase de tout à l'heure : « Je suis venue chercher une explication, Médard me l'a fournie. »

« Tu es venue également pour voir Médard ? »

Non, elle ne pensait pas qu'il connaîtrait ce qu'elle cherchait. C'est le hasard.

« Ta mère l'avait su, pour le message ? »

Non, sa mère n'avait pas su. Elle avait attendu un signe d'un homme qu'elle aimait et qui n'avait jamais plus jamais donné de nouvelles de lui. Ils s'étaient aimés pendant les vendanges. Passionnément. Il avait disparu subitement, et elle n'avait jamais plus entendu parler de lui.

« Un lâcheur, comme beaucoup », dit Marc.

Élisabeth lui dit que non. Maintenant, elle savait que cet homme n'était pas un lâcheur, puisqu'il avait envoyé un mot à sa mère en lui demandant de l'attendre.

« Même sans savoir, elle aurait pu l'attendre quand même », dit Marc.

Élisabeth sourit. Non, elle ne pouvait pas l'attendre. Elle était enceinte, et à cette époque, il fallait réparer au plus vite. Le vieux Meyre et le vieux Mercier-Lachapelle avaient réuni la fille, le fils et les hectares de vigne, et tout était rentré dans l'ordre.

Marc bondit :

« Enfin, c'est une escroquerie morale. Si je comprends bien, ton frère n'est pas le fils de ton père ? Il est beau l'ordre des ribeyrots ! »

Élisabeth n'osa pas lui dire que cet ordre avait quand même été brisé par un landescot. Elle regarda Marc avec tendresse. Il était beau en révolté de l'amour. Sa tignasse brune mal coiffée donnait de lui une image de poète écorché. Elle comprit qu'il l'aimait profondément. Elle comprit qu'elle l'aimait profondément. Elle n'eut pas le courage de lui dire qu'ils avaient sûrement un frère commun : Paul. Elle n'eut pas le courage de lui dire qu'elle croyait que Flavius était le nom de guerre de son père, et, par conséquent, l'amant de Colette Meyre. Elle proposa de rencontrer Élie dès le lendemain. Il savait peut-être des choses intéressantes. Marc n'eut pas la possibilité de dire oui ou non. Elle l'attira contre lui. Se serra à lui. Lui prit la bouche avec passion. Si, à cause des événements à venir, cette nuit devait être leur dernière nuit, elle serait une nuit d'amour total. Le désir fou, contenu depuis des semaines, monta en eux. Les déborda. Ils glissèrent doucement sur le tapis devant la cheminée. Comme s'il était complice, le feu crépita, jetant des notes fines sur le silence envoûteur qui réunissait les amants. Elle l'attira en elle. Ils oublièrent les tensions des jours précédents, en ne faisant plus qu'un avec bonheur.

*

* *

Élie était bien embarrassé. Il savait que Médard avait vécu des heures difficiles, mais il n'avait pas imaginé tout ça. L'histoire du message de Flavius non transmis avait jeté le trouble dans son esprit. Il avait bien connu Flavius. Il n'imaginait pas que le passé leur sauterait ainsi au visage, plus de trente ans après. Alors, lorsque Marc lui avait demandé si son père avait été résistant, il avait hésité à répondre. Voyant cette hésitation, Élisabeth avait compris que c'était à cause d'elle. Elle en était sûre à présent, Élie savait.

« Vous saviez, n'est-ce pas Élie ? Vous avez connu Flavius ? »

Élie les regarda l'un après l'autre.

« Oui, j'ai connu Flavius. Un sacré gars. Un agent de renseignements parfait. Il avait réussi à se fondre dans la nature. Personne ne savait où il habitait. Ni d'où il arrivait. Travaillant un jour ici, un jour ailleurs, il avait le don de se faire oublier, ce qui lui permettait d'observer. Un bon nombre de maquis du Médoc ont pu se monter grâce à ses observations. Du Verdon à Lacanau, il savait le nombre de soldats allemands, le nom de leurs chefs, il connaissait tout leur armement. Je vous dis, un type épatant. J'étais au maquis de Brach, dans le groupe Charly, et je l'ai rencontré plusieurs fois. C'est lui qui nous informait pour les parachutages d'armes dans la lande de Méogas, de Saumos ou du Temple. C'est également lui, commandé, on l'a su plus tard, par Grandclément, qui nous a demandé de rendre les armes à l'ennemi pour éviter des massacres. Il l'a fait avec colère, disant que c'était une erreur, qu'on se foutait de nous, qu'on nous intoxiquait, mais il respectait les ordres. Pendant un temps, on ne l'a plus vu. Sûrement qu'il est réapparu ailleurs. On ne savait pas. Je l'ai revu plus tard, pendant les combats de la poche du Médoc. »

Les combats de la poche du Médoc, pour Marc et Élisabeth, cela ne représentait rien. Pour eux comme pour beaucoup, la guerre s'était passée ailleurs, sur des fronts plus grands. Plus célèbres. Élie leur rappela que, quand même, plus de neuf mille soldats ennemis étaient sur Royan et Soulac, protégés par plus d'un million et demi de mines et défendus par deux cents canons, avec blockhaus fortifiés. En Médoc, dans l'enclave de la pointe de Grave, d'après Flavius, il y avait trois mille huit cents hommes et quatre-vingt-dix officiers.

L'Année des treize lunes

« Cette bataille de quelques jours en 1945, mes enfants, alors que presque toute la France était libérée, a fait mille huit cents morts et blessés du côté allemand, et mille neuf cent vingt-quatre du côté français. J'y étais, dit-il des larmes dans la voix. J'ai eu la chance de m'en sortir, mais j'y ai perdu quelques copains.

— Dont Flavius ? » demanda Marc.

Non, Flavius n'avait pas été touché. Il était avec les FFI qui tenaient le front de la rivière, tandis que le régiment des Somalis occupait le front de l'océan. Entre le 14 avril 1945 au matin et le 19, ce fut une mitraille affreuse. L'après-midi du 19, Schillinger, le commandant allemand, a été fait prisonnier. La bataille du front du Médoc était terminée.

« Je sais que Flavius a suivi un régiment qui partait vers l'Allemagne. »

Flavius. Ce nom, ou ce surnom, intriguait Marc. Pourquoi son père avait donné un nom pareil à tous ses chiens.

« Élie, vous qui connaissez mon père, pourquoi, à votre avis, il a ainsi baptisé ses chiens ? »

Élie regarda Marc avec tendresse. Il le connaissait depuis sa naissance. Il l'avait vu grandir. Devenir un homme. Il savait l'amour qu'il portait à ce coin. Son havre de paix, disait-il. « Ici, je connais tout et tous », aimait-il à dire. Élie se demandait s'il n'allait pas changer d'avis après la révélation qu'il allait lui faire. Élisabeth aussi attendait avec impatience. Elle savait, du moins elle croyait savoir. Comme elle aurait aimé se tromper. Si sa mère s'était abusée en voyant cette photo sur la cheminée de Marc, que les choses seraient plus faciles. Plus simples.

Élie prit les mains de Marc dans les siennes.

« Marc, Flavius, c'est ton père. »

Il sembla à Marc que le monde s'écroulait. Il découvrait une chose inimaginable. Pourquoi son père ne lui avait rien dit ? Pourquoi toutes ces années sans savoir ? Pourquoi ce mystère ? Si lui, Marc, avait fait tout ce que son père avait fait, il aurait été fier de le raconter à ses enfants. Pourquoi ? Et Médard, il savait pour Flavius ? Élie avait répondu que non. il ne savait pas.

« Après la guerre, ton père a décidé de ne rien dire à personne. Il n'a voulu tirer aucune gloire de son passé de résistant. »

Marc était ému. Le passé de son père lui sautait à la figure. Il éprouvait de la fierté, mais aussi de l'incompréhension. Flavius !

« Mais pourquoi avoir appelé ses chiens ainsi ?

— En les appelant ainsi, ton père ne dévaluait pas ce nom. Au contraire, il gardait un lien avec son passé. Il m'avait dit un jour en riant : "Tu te rends compte, Élie, un chien résistant ?" Et il partait d'un grand éclat de rire. Pour lui, c'était devenu un jeu. »

D'un coup, Marc regarda Élisabeth. Eut très peur. Demanda d'une voix remplie de crainte :

« Élisabeth, ta mère, elle était enceinte de mon père ? »

Élisabeth le regarda avec tristesse. Fit oui de la tête. Sa mère l'avait reconnu sur la photo lorsqu'elle était venue chez lui. Elle avait encore en mémoire cet amour qui avait bouleversé sa vie pendant les vendanges. Elle le croyait disparu, n'imaginant pas qu'il la puisse la délaisser. Elle savait que ses sentiments étaient forts. Alors, devant cette absence, elle avait imaginé qu'il avait été pris par le STO et qu'il était resté en Allemagne. Elle ne connaissait que son prénom. Elle ne savait pas où le joindre. Aujourd'hui, Élisabeth comprenait pourquoi il était resté discret sur son identité et sur son adresse. Tant pis, elle l'aurait attendu. Mais dans le même temps, elle s'était aperçue de son état. Elle l'avait avoué à ses parents, mais ne connaissait pas le nom du père. Ni son adresse. La dignité de la famille allait souffrir. Alors, Gaston Meyre avait trouvé la solution, la marier avec le fils Mercier-Lachapelle. Sa fille faisait un mariage honorable. En contrepartie, elle apportait des vignes, tout était pour le mieux.

« Mais ton père, demanda Élie, il savait ? »

Oui, il savait. Mais Gaétan Mercier-Lachapelle en avait vu d'autres, et ce n'était pas son fils qui déciderait, alors que l'avenir de la propriété s'annonçait bon. Il avait fait valoir à son fils le gain important pour la famille, avec les rangs de vigne qui étaient de qualité. Avec cet apport, ils allaient augmenter d'une manière substantielle les bénéfices du château. L'amour finirait bien par venir. Plus tard. Alors, son père avait accepté ce mariage, et ils avaient, avec sa femme, joué la comédie d'un accouchement prématuré.

Marc balbutia avec peine :

« Mais alors, Paul, que j'ai rencontré chez toi, c'est... »

Elle répondit dans un souffle :

« C'est ton demi-frère. »

La tête lui tournait. La tempête était de nouveau dans son esprit. Elle y soufflait en rafales intenses qui le déséquilibraient. Le déstabilisaient. Il pensa au pire. À l'inceste. Mais alors, est-ce qu'il y avait un lien quelconque de sang avec Élisabeth. Élie le rassura :

« Si j'ai bien compris, tu as un demi-frère, mais Élisabeth n'est rien pour toi. »

La colère prit le dessus. Il en voulut à la terre entière. Il maudit Médard d'avoir agi comme il l'avait fait. C'était lui, le responsable de tout

189

ce gâchis. Il devait payer ! Et payer pour quoi ? demanda Élisabeth. Pour ne pas avoir porté le message ? On ne punissait pas pour ça.

« Mais mon père, hurla-t-il, mais mon père, Flavius, il le sait peut-être et il n'a rien dit. Rien fait. »

Élie ne croyait pas que Georges Arnaud savait. Ce dont il était sûr, c'est qu'il n'avait pas oublié cet amour. Il lui en avait parlé. De retour de la campagne d'Alsace, il était revenu au pays. Il avait cherché à revoir Colette. Il avait appris qu'elle s'était mariée à un riche châtelain, alors il n'avait pas insisté. Madeleine, qui l'avait guéri de ses blessures avait aussi guéri les plaies de son âme. Ils s'étaient mariés en 1947, et Marc était né un an plus tard.

« Mon père doit savoir », dit Marc en se levant brusquement.

Élisabeth le retint.

« Ne fais pas souffrir ta mère.

— Et la tienne, qu'est-ce qu'elle compte faire ? Lui cacher encore longtemps son fils ? »

Élisabeth ne savait pas. Elle avait dissuadé sa mère de chercher à revoir Georges, mais elle avait l'impression qu'à la découverte de la photo, elle avait senti son amour intact. Comme au premier jour.

« Je dois voir mon père, dit Marc. Il doit me raconter. Je dois lui apprendre la vérité. Il fera ensuite ce qu'il voudra. Je vais à Bordeaux demain. »

Il se tourna vers Élisabeth.

« Pour nous, ça va être difficile. Je comprendrais que la ribeyrote ne veuille plus du landescot. Mais côté dignité, l'un n'a rien à envier à l'autre. »

Il se leva et partit vers la maison de la dune.

XIII

L E TEMPS s'était un peu adouci. Le vent finissait pas mollir, mais les vagues étaient toujours un peu formées, ce qui ne rassurait pas trop. Les nuages gris passaient en file indienne, assez rapidement, sans trop menacer. Élie, pour se délasser, était parti en forêt. Il espérait ramasser encore quelques *bidaoùs*, et peut-être quelques trompettes-de-la-mort. En omelette, elles seraient parfaites. Il était encore abasourdi de tout ce qui s'était passé ces jours derniers. Il n'avait pas revu Médard, mais il le connaissait. Pour l'instant, il devait se terrer chez lui, mais il sortirait bientôt, après avoir digéré, lui aussi, les événements des jours passés. Le pays était ainsi. Après la tempête, tous attendaient le calme apaisant pour se restructurer. Se refaire une santé. Les gens d'ici vivaient au rythme des éléments, sans autre choix possible. C'était ainsi depuis la nuit des temps.

Même au temps où les dunes étaient moins hospitalières, il devait en être ainsi. Tout passait. Tout. « Regardez les blockhaus, disait-il, qui aurait pu penser qu'un jour, ils disparaîtraient des dunes, avec une telle masse de béton ? » La nature décide. Toujours. Alors il ne se faisait pas de mauvais sang pour Médard. Un jour, il sortirait de sa tanière. Il savait maintenant qui fleurissait cette croix posée à un creux de dune, sous les pins. Médard n'avait jamais raconté cet événement à qui que ce soit. Élie était persuadé que de le faire lui avait fait du bien. Comme il avait dû souffrir. Mais il n'aurait pas dû transformer cette douleur en vengeance. Non.

Après sa matinée en forêt, Élie s'arrêta à l'hôtel de la plage. Martine et Djamila étaient encore là. Élie leur raconta pour Flavius, Marc et Élisabeth.

« Pauvre Marc, dit Martine, c'est encore à cause de moi qu'il souffre. Si je n'avais pas éprouvé ce besoin de savoir, il n'aurait peut-être jamais su pour son père. Je commence à me dire que j'ai eu tort de revenir ici. »

Djamila lui dit que non. La vérité, quelle qu'elle soit, devait être dite. Martine décida d'attendre le retour de Marc. Elle ne le verrait peut-être plus jamais. Elle devait lui dire l'affection qu'elle lui portait encore. Ça l'aiderait peut-être à surmonter ses difficultés.

L'ANNÉE DES TREIZE LUNES

Élie s'inquiéta quand même pour Médard. Demanda si quelqu'un l'avait vu. Non, le patron ne l'avait pas vu ce matin.

« Chez lui, c'était ouvert, dit Jean qui était au bout du comptoir, je l'ai vu partir vers l'Alexandre, son tramail dans la petite remorque accrochée au vélo. La marée basse est à vingt heures ce soir, il ramassera ses filets demain matin. »

Élie fut rassuré, Médard reprenait une vie normale. Même s'il désapprouvait sa conduite d'autrefois, c'était trop tard pour juger. La vie continuait. Bien sûr, le regard sur chacun changerait, mais le temps recommencerait son œuvre d'oubli, et les jours seraient de nouveau ensoleillés.

*

* *

Lorsque Georges ouvrit la porte au coup de sonnette donné par Marc, Flavius lui sauta dessus en aboyant de joie.

« Allons, mon Flavius, du calme. Tu es si content que ça de me revoir ? Pourtant, ce doit être plus agréable de courir sur la plage que dans le parc bordelais, même un jour de tempête. »

Marc regardait son père sans rien dire. Maintenant qu'il savait, il voyait en lui un autre homme. Il avait le sentiment bizarre qu'il le découvrait.

« Maman n'est pas là ?

— Non, elle est encore allée faire les boutiques. Ta mère va finir par me ruiner », dit Georges en riant.

Marc respectait son père, qui avait été pour lui un modèle. Il ne souhaitait pas le froisser et ne savait pas par où commencer. Colette ? Flavius ? Georges sentit son fils tendu. Il le connaissait bien. D'habitude, il se vautrait dans le canapé de cuir usé et demandait à boire un alcool fort, genre eau-de-vie. Sans lui demander s'il en voulait, Georges apporta deux verres et une bouteille.

« Tu vas me dire des nouvelles de celle-là. Ton oncle Gérard me l'a portée hier. Il a un vieil ami qui distille encore. Regarde cette belle blanche. »

Marc restait toujours debout.

« Tu ne t'assieds pas ? »

Il prit une chaise. S'assit. À son air curieux, son père lui demanda s'il était malade. Marc fit non de la tête. Il prit son verre, ne le réchauffa pas entre ses mains et le but d'un trait. Il toussa un peu.

« Monsieur boit à la russe maintenant ? Sans chauffer son verre ? »

Puis, après un instant, il ajouta :

« Toi, tu as quelque chose qui ne va pas, n'est-ce pas ? »

En effet, il avait quelque chose d'important à dire. Il tendit son verre. Son père le servit en hésitant un peu. Marc le but comme le précédent, d'un trait, et se lança d'un coup :

« Flavius, c'est le nom que tu donnes à tous tes chiens ? »

Georges le regarda, étonné.

« Bien sûr. Tu le sais bien.

— On m'a dit que Flavius, c'était un personnage important de la Résistance. Qu'il avait été agent de renseignements et que, grâce à lui, des maquis avaient pu être mis en place. »

Il observait son père. Georges avait plissé les yeux, mais n'avait rien laissé paraître sur son visage. Quelle assurance, pensa Marc, pas étonnant qu'il ait été un bon agent.

« Alors, pour Flavius ? Pourquoi ce nom ? »

Georges expliqua que sa passion pour l'histoire lui avait fait connaître l'existence d'un certain Flavius Josèphe, qui avait vécu au temps de Jésus de Nazareth. Fasciné par cet homme, qui avait bourlingué de la Grèce à la Judée, puis à Rome, il avait décidé d'appeler ses chiens Flavius.

« Pas très respectueux, papa.

— Ah bon, tu trouves ? Moi, j'aime les chiens, je ne les sous-estime pas, au contraire, et ce n'est pas déshonorant de les traiter comme des hommes. Ils en valent certains. »

Marc sourit à cette phrase. Il pensa qu'il venait effectivement de passer deux jours avec un homme qui avait un peu perdu son honneur en le faisant perdre aux autres.

« Si nous revenions à la Résistance, dit-il, as-tu connu pendant la guerre un type qui se faisait appeler Flavius ?

— Peut-être, répondit Georges. À cette époque, tout le monde changeait de nom pour passer inaperçu. Mais tu sais, pendant la guerre, j'ai fait mille petits boulots, et j'ai rencontré beaucoup de gens. En plus, je n'ai pas la mémoire des noms. »

Pas facile, mon père, se dit Marc. Il pensa que s'il ne l'attaquait pas de front, il ne saurait pas grand-chose. Et en ce qui concerne la Résistance, il ne dirait peut-être même rien. Il préféra l'attaquer côté cœur.

« Figure-toi que j'ai appris que ce Flavius, agent de renseignements, blessé, avait envoyé un mot à celle qu'il aimait pour lui dire de l'attendre, le temps qu'il guérisse. Et celui qui devait porter le message ne l'a jamais fait passer à la belle, sous prétexte que son père traficotait avec l'ennemi. Du coup, la belle a convolé en justes noces avec un autre. Incroyable, non ? À cause de l'état d'âme d'un résistant, un autre résistant a été privé du grand amour de sa vie. Une véritable tragédie grecque, tu ne trouves pas ? Toi qui aimes l'histoire, celle-là doit te plaire, non ? »

Georges avait changé de couleur. Il se resservit un verre d'eau-de-vie. Il regarda Marc droit dans les yeux :

« Et alors, tu attends quoi de moi, que je te dise que j'aime la tragédie grecque ? Bien sûr, je l'aime. Elle est grandiose. Lumineuse. Noble. Majestueuse. Étonnante. Démesurée. Mais mythique quand même.

— Sans doute, répondit Marc, mais elle fait souffrir ses personnages, non ? »

Georges le pensait, bien sûr, mais ce n'était, la plupart du temps, que fiction. La plupart du temps, oui, répondit Marc.

« Mais quand la réalité dépasse la fiction, ça peut faire mal, non ? »

Marc terminait chacune de ses phrases par une interrogation. Jusqu'à quand son père allait tenir ? Il maîtrisait bien la situation. Marc devait frapper un grand coup.

« Avant que maman ne revienne, il faut que je te dise que Flavius, que tu ne connais pas, a aimé une femme qui l'a aussi aimé. Lorsqu'il a disparu à cause de sa blessure, elle n'a donc pas reçu le message lui demandant de patienter. Dans le doute, elle aurait pu l'attendre, comme Pénélope attendit Ulysse, en brodant une tapisserie le jour et en la défaisant la nuit, mais voilà papa, nous ne sommes plus dans la légende grecque, mais dans la réalité. Et la réalité est toute autre. Cette femme s'appelait Colette, et elle était enceinte des œuvres de ce Flavius. N'ayant plus de ses nouvelles, pour éviter la honte, son père l'a alors mariée avec le fils d'un voisin, qui a bien voulu la prendre telle qu'elle était. Quelques mois plus tard, un petit Paul est né, et Flavius ne l'a jamais su. Si tu l'avais connu, tu aurais pu lui raconter cette belle tragédie grecque. Car c'en est une, papa, n'est-ce pas ? »

Georges était blême. Il avait du mal à respirer. Son fils venait de lui jeter à la face une histoire incroyable. Tragique. D'un seul coup, il se revit aux vendanges chez Gaston Meyre. L'année précédente, déjà, il avait flirté avec Colette, la fille de la maison. Au cours de l'année, il l'avait rencontrée, entre deux missions. Il devait se renseigner sur les troupes qui occupaient le port de Pauillac. Cussac n'était pas loin, et il avait fait quelques incursions chez Meyre. Colette se doutait de quelque chose et lui demandait sans cesse d'être prudent. « Je ferais quoi sans toi, s'il t'arrivait quelque chose », lui disait-elle. Il faut dire qu'à cette époque, il ne redoutait pas le danger, ce qui avait fait de lui un excellent agent. Il se rappela qu'une nuit, avec son copain Videau, partant de Lamarque, ils avaient traversé la rivière sur un voilier de fortune, pour se diriger vers Blaye. Ils avaient repéré un bateau qui avait été coulé après le port. Il restait des fûts d'essence à son bord. Avec mille précautions, ils avaient siphonné les réservoirs, rempli des bidons, et étaient revenus vers Lamarque. Lorsqu'il s'en était vanté, en riant, auprès de Colette, elle lui avait fait promettre de ne pas recommencer. « Tu veux mourir jeune ? Et moi, tu ne penses pas à moi ? » Bien sûr que si qu'il y pensait, mais ces litres d'essence, chapardés au nez et à la barbe des Allemands, avaient permis aux FFI de faire quelques kilomètres de plus, et placer des hommes de surveillance dans certains endroits stratégiques.

L'année suivante, il était revenu chez Meyre pour les vendanges. Quelles vendanges ! Comme les tièdes soirées d'automne leur avaient été douces. Bercés par le ressac de la rivière, ils s'étaient aimés avec fougue. Sans penser aux lendemains, que souvent la guerre interdisait. Il fallait privilégier l'instant, pensaient-ils. Seulement l'instant. Un simple faux pas, et c'en était fini d'eux. Que cette guerre était dure. Féroce. Alors, un soir peut-être plus doux que les autres, allongés sur l'herbe, à deux pas du fleuve qui roulait ses eaux tranquilles, ils avaient oublié la guerre.

Les privations. Les interdictions. Leur bonheur avait été total.

Une larme glissa sur la joue de Georges. Il leva la tête, regarda Marc dans les yeux.

« Oui, Flavius c'était moi.

— Mais pourquoi ne m'as-tu jamais rien dit ? »

Georges n'aimait ni la gloire, ni les médailles. Il ne les avait pas réclamées, comme certains, pour les étaler sur un revers de veston, les jours de défilé.

« Beaucoup les avaient méritées, dit-il, mais pas tous, et on ne pouvait rien dire, ça n'aurait servi à rien. »

Il semblait abattu. La tête entre les mains, il ne disait mot. Marc lui demanda si tout était vrai. Colette. Sa blessure. Le message. Il fit oui de la tête. Demanda qui avait raconté tout ça.

« Élie et Médard. »

Georges secoua la tête. Tous ces souvenirs affluaient à sa mémoire.

« Élie faisait aussi partie de la Résistance. J'étais avec lui au front du Médoc, mais Médard, je ne l'ai connu que plus tard, quand je suis revenu au village. Comment il savait ? »

Marc expliqua que le messager, c'était Médard.

« Je ne l'avais rencontré que quelques minutes et il faisait sombre. Mais pourquoi maintenant ? »

Marc fit le récit des deux soirées qu'il venait de passer. Raconta tout. Martine. Élisabeth. Médard.

« Quel gâchis, dit Georges en prenant les mains de Marc, quel gâchis. J'ai un fils et je ne le savais même pas. Pardon Marc. »

Marc regardait son père avec peine. Il avait perdu de son assurance. Il finit par raconter ce qui s'était passé.

« J'ai mis quelques mois à me remettre de ma blessure. J'avais quitté le préventorium pour aller me reposer en pleine lande. Lorsque je suis revenu, une mission vers Jau et Lesparre m'a pris une semaine. Je ne m'inquiétais pas pour Colette, pour moi, elle était au courant et attendait mon retour. Je ne lui ai même pas écrit, son père ne savait rien de ce qui s'était passé entre nous. Enfin, c'est ce que je croyais. Lorsque je suis passé à Cussac, des gars du réseau m'ont dit que la fille Meyre ne m'avait pas attendu et qu'elle était mariée avec le fils Mercier-Lachapelle. Imagine ma déception. Je me suis alors engagé encore plus à fond dans la Résistance, et quand la poche du Médoc a été libérée, je suis parti avec une brigade jusqu'en Alsace. Au retour, j'ai revu ta mère. Par hasard. Elle prenait un verre au café *Le Derby*, place Tourny, et moi je sortais de l'immeuble de la marine, juste en face, où je venais de m'inscrire dans la marine marchande. Pendant ma première absence de quelques mois, nous nous sommes écrits. Je l'ai revue à mes premiers congés, et nous nous sommes mariés l'année d'après. Elle avait soigné ma blessure physique, elle soigna ma blessure de cœur.

— Que vas-tu faire maintenant ? », demanda Marc.

Georges secoua la tête. Il ne savait pas. Il ne pouvait pas faire de peine à Madeleine. Il savait que Colette souhaitait le revoir. Il avait un fils qu'il ne connaissait pas, et son autre fils était amoureux de la fille de sa première maîtresse !

Décidément, il naviguait en pleine tragédie grecque. Pénélope avait attendu Ulysse pendant de très longues années, et à son retour, après s'être assurée que c'était bien lui, elle lui avait donné tout son amour. Allaient-ils faire de même ? Pour cela, ils devraient faire de la peine à combien de personnes ?

« Pour l'instant, dit-il à Marc, puisque ta mère n'est pas rentrée, s'il te plaît, repart et emmène Flavius. Je vais digérer ces nouvelles et réfléchir. J'en ai grand besoin. »

Marc embrassa son père.

« Rassure-toi papa, ça ne m'empêche pas de t'aimer. »

Flavius comprit qu'il repartait vers la plage, les dunes et les pins. En guise d'au revoir, il lécha les mains de son maître, courut vers la voiture et jappa devant la portière. Heureux.

XIV

L E TEMPS n'était toujours pas beau. On ne savait plus à quel saint se vouer. C'est tout juste si les paroissiens ne demandaient pas au curé de faire des prières pour arrêter les trombes d'eau qui descendaient du ciel depuis quelques jours. « On a beau dire que ces treize lunes détraquent tout, il n'y a pas que ça ! » disaient certains vieux. « Eh quoi, disait Germaine, de mon temps, quand il ne pleuvait pas depuis longtemps et que les paysans avaient besoin d'eau, l'abbé Luguet, qui était curé de la paroisse, faisait une procession pour faire pleuvoir, et il pleuvait ! Alors pourquoi pas l'inverse ? » Décidément, la vieille Germaine dégoise de plus en plus, disait-on au village. Mais dans le fond, à y bien réfléchir, pourquoi pas ? En attendant, l'océan grondait toujours, et la pluie menaçait toujours.

Mais quelle idée avait eu Médard d'aller poser ses filets avec un temps pareil ? « Il a pris du poisson au moins ? » avait demandé le patron de l'hôtel. Personne ne savait puisque personne ne l'avait rencontré. Même Jean, celui qui l'avait vu partir en passant devant chez lui la veille, n'avait pas remarqué de lumière dans la maison.

« Même si Médard se couche de bonne heure, avec la nuit qui tombe tôt, faut bien qu'il allume la lumière », avait-il dit.

En entrant dans le café de l'hôtel, Marc y vit une certaine effervescence. Pierre Marifon, Martine et Djamila discutaient ferme avec Jean.

« Que se passe-t-il ? »

Il se passait que la veille au soir, Médard n'avait pas allumé la lumière chez lui. Ce matin, de bonne heure, les volets étaient déjà ouverts, à croire qu'il ne les avait même pas fermés.

« Il est chez lui ? »

Jean répondit que non, mais c'était normal, il devait être occupé à relever les filets qu'il avait posés dans la soirée, pour la marée de cette nuit. Marc s'étonna qu'avec ce temps, Médard ait posé les filets. Ce n'était pas dans ses habitudes de risquer de les retrouver déchirés.

« La semaine dernière, il râlait à cause de quelques trous que lui avait faits la mer trop forte dans son tramail ! »

Il fallait attendre. Logiquement, il ne tarderait plus. Il était peut-être allé faire une course. Ça lui arrivait d'autres fois de disparaître un jour ou deux. Alors, pourquoi aujourd'hui, tout le monde s'inquiétait ? Marc tranquillisa les filles :

« Soyez rassurées, il va réapparaître. »

Il dit sa surprise à Martine de la voir inquiète. Avec ce qu'elle avait appris sur Médard, elle ne devait plus le porter dans son cœur, non ? Elle sourit. Bien sûr qu'elle lui en voulait. Elle était venue au village pour chercher des explications. Elle ne s'attendait pas à ce que Médard, qu'elle aimait bien depuis longtemps, soit ce personnage curieux qui avait osé dégrader sa mère. Mais au fond de son cœur, elle voyait en lui le papy de ses jeux d'enfance avec Marc, leur apprenant à connaître les poissons, les oiseaux. Elle se rappelait les balades vers l'étang du Cousseau, quand ils se cachaient dans les roseaux pour surprendre un héron. Alors apprendre qu'il avait trahi Flavius, le père de Marc, et sali Aline était quand même incroyable. Malgré cela, elle n'arrivait pas à le détester vraiment. Après tout, avait-elle besoin de vengeance ? Ou seulement de comprendre ce qui s'était passé ? Bien sûr, elle ne pardonnait pas. Personne n'avait le droit de juger comme ça. Gratuitement. La justice, c'était autre chose que la caricature qui en avait été faite à la

Libération. Tout le monde s'était fait juge. Avait condamné. Châtié. Souvent sans raison. Juste sur la foi d'un ragot. D'un mauvais voisinage. Heureusement que des êtres responsables avaient fini par se faire entendre, et ces désordres avaient cessé. Mais le mal était fait. Médard était fautif d'avoir jugé seulement à travers sa propre peine. Il s'était vengé. Dramatiquement. Deux familles en avaient souffert.

À ce moment-là, Djamila dit d'une petite voix : « Trois familles. Médard était aussi mon père. »

Tous la regardèrent, surpris. Personne ne comprenait. Djamila était la fille de Médard ? C'était quoi cette histoire ? Pourquoi ne pas l'avoir dit avant ? Martine dit qu'elle était venue aussi pour Djamila, qui depuis longtemps cherchait la trace de son père.

« Elle m'avait mise au courant de ses recherches. Nous avons fait la fac de droit ensemble, et nous sommes toujours restées en contact.

— Ma mère, dit Djamila, des larmes dans la voix, m'avait dit que mon père était docker sur le port de Bordeaux. Elle avait débarqué d'un cargo en provenance de Dakar, pour trouver un travail qu'elle n'avait pas au Sénégal. Elle trouva une place de serveuse au restaurant où Médard dînait le soir. Elle était seule, lui aussi. Ils se retrouvaient de temps en temps, mais ne vivaient pas ensemble. "Il aimait trop son village, me disait ma mère, et il ne pouvait pas s'en éloigner très longtemps." Lorsque j'ai eu deux ans, ma mère est retournée vivre à Dakar, d'où elle arrivait, car ses parents avaient besoin d'elle. Il n'a pas voulu la suivre. Ils se sont perdus de vue et ne se sont jamais écrits. Ma mère s'est mariée et j'ai cinq frères et sœurs à Dakar. Moi, je suis revenue à Bordeaux pour suivre des études, et j'ai fait la connaissance de Martine. Pour moi, mon père c'était Casimir N'Diam, le mari de ma mère. J'avais oublié jusqu'au visage de Médard, jusqu'à son nom. Lorsque je suis partie pour Bordeaux, ma mère m'a rafraîchi la mémoire. Mais je n'avais aucune envie de rencontrer mon vrai père. J'ai vécu des années sans y penser, je pouvais continuer. Entre-temps, Jojo est né. Quand Martine m'a raconté pour sa mère et m'a dit le nom du village où elle espérait trouver des explications, j'ai été surprise de constater que c'était le nom du village que m'avait donné ma mère. Je lui ai écrit et elle m'a communiqué le prénom de mon père : Médard. J'ai donc décidé de venir avec Martine. J'ai décidé d'emmener Jojo avec moi, comme ça, il connaîtrait son grand-père. »

Djamila pleurait doucement. La rencontre avec Médard ne s'était pas faite comme elle le souhaitait. Après tout ce qu'avait dit Médard, elle n'avait pas osé l'aborder. Lui dire qui elle était. Martine lui avait conseillé de le faire malgré tout. Si elle n'acceptait pas son attitude, elle ne pouvait pas empêcher Djamila de lui présenter son petit-fils. Peut-être qu'il serait le rayon de soleil dont il avait besoin lui aussi.

Marc était abasourdi. Il se rappelait la conversation qu'il avait eue avec Médard trois jours auparavant : « Hier soir, la marée a apporté autre chose que du bois. — Ah bon ? Intéressant ? — En tout cas joli. — Joli ? — Oui. Environ un mètre soixante-dix, mince, noire, avec un petit garçon à la main. Elle loge à l'hôtel de la plage. Bel endroit pour regarder la tempête, non ? — Surtout curieux de venir à cette époque, le mois d'août est loin. Et elle cherche quoi ? — Parce que d'après toi, elle cherche quelque chose ? Nous l'apprendrons sans doute dans les jours qui viennent. Ce ne serait pas la première fois que le mystère frappe à notre porte. »

On ne venait pas à la côte à cette saison sans chercher quelque chose d'important ! Marc avait l'impression qu'il devenait fou. Si ce n'était déjà fait, il allait sûrement perdre la raison. En trois jours, il avait appris plus de choses sur sa vie et celle de ses proches qu'en presque toute une vie. Il avait vécu pendant des années avec des gens qui lui avaient joué, volontairement ou involontairement, la comédie. Lui qui aimait la simplicité, il n'était pas prêt à tout ça. Sûr, cette année des treize lunes était une véritable malédiction. Il se leva. Se dirigea vers la porte. Rentra chez lui en passant par la plage. L'air de la mer allait peut-être le réveiller. La pluie sur son visage aussi. Djamila décida d'attendre le retour de Médard. Elle allait lui parler. Malgré tout, c'était son père et il devait savoir qu'il avait un petit-fils. Martine, elle, ne souhaitait pas le revoir. En tout cas, pas tout de suite.

*

* *

Jean revint en milieu d'après-midi. Maintenant, il était inquiet. La maison de Médard était toujours ouverte, et personne ne l'avait revu depuis la veille. Il avait été voir du côté de l'Alexandre, son vélo et sa petite remorque étaient posés au bas de la dune. Vide. Alors, il était vite revenu au village pour donner l'alerte. Sûr, il s'était passé quelque chose. Médard connaissait parfaitement les dangers de la mer et n'aurait pris aucun risque. D'autant que poser les filets n'était pas dangereux, puisqu'on les posait à marée basse. C'était un peu tard pour commencer des recherches. Il s'était peut-être installé dans un blockhaus

L'Année des treize lunes

et il réfléchissait à ces heures douloureuses qui venaient de s'écouler ? La nuit allait tomber dans deux petites heures, et ce serait trop tard. Jojo, comme à son habitude, réglait ses comptes avec le flipper, qui pétaradait joyeusement. Le patron sourit en imaginant la tête de Médard quand on lui présenterait son petit-fils. Il ne manquerait ça pour rien au monde. Et lui, comment prendrait-il la nouvelle ? Médard était quand même un sacré cachottier. Personne ne savait qu'il avait eu une liaison, de laquelle était née une fille. Personne.

Alerté, Élie vint aux nouvelles de Médard. Martine lui raconta pour Djamila. Lui aussi, comme Marc, se demanda s'il ne devenait pas fou. Que se passait-il ? C'était quoi ces nouvelles invraisemblables qui tombaient les unes après les autres ? C'était quoi ? Et maintenant, Médard qui avait disparu. Mais où était-il donc allé se fourrer celui-là ? À son retour, il en prendrait pour son grade. Depuis le temps qu'ils se connaissaient, il n'aurait pas pu lui dire qu'il avait eu une fille à Bordeaux ? Ce n'était pas une honte d'avoir un enfant quand même! Il ne comprenait pas comment on pouvait passer toute une vie dans une pareille solitude, alors qu'il aurait pu en être autrement. Bien sûr, la découverte de celle qu'il avait aimée, assassinée sur le bord d'un chemin était traumatisante, mais enfin, ça ne l'avait pas empêché, quelques années après, de faire une fille à une serveuse.

« Attends que je le voie, il comprendra de quel bois je me chauffe. »

Après toute cette attente, il fallut pourtant se rendre à l'évidence, la nuit était tombée et Médard restait toujours introuvable. L'inquiétude était à son comble. Le lendemain à la première heure, il faudrait prévenir la mairie, la gendarmerie et les pompiers, pour qu'ils fassent des recherches.

La nuit fut pénible pour tout le monde. Martine et Djamila étaient chez Marc. Il leur avait raconté l'entrevue avec son père. Il ne savait pas ce qu'il ferait. Il ne savait pas non plus ce qu'Élisabeth ferait, et ce que lui aurait envie de faire.

« J'ai l'impression qu'elle est ma sœur et j'ai honte.

— Tu te trompes, avait dit Martine, elle n'est pas du même sang que toi. »

Rien n'y faisait. Il se disait que sa famille allait voler en éclat. Que son père et sa mère allaient se séparer.

« Je vais repartir sur les plates-formes. Au moins, au milieu de l'océan, je serai loin de ces folles histoires. »

Djamila caressait la tête de Jojo. Est-ce qu'il connaîtrait son grand-père ? Est-ce qu'elle verrait encore son père ? Elle aurait dû parler à Médard il y a deux soirs de cela.

Martine était troublée par cette disparition. Médard avait-il craqué ? Se cachait-il ?

Au petit matin, les gendarmes, aidés par les pompiers, sous l'autorité du maire, entreprirent les recherches. Chez Médard, ils n'avaient trouvé aucun signe qui pouvait laisser penser quoi que ce soit. Aucune lettre. Rien. Seulement la maison ouverte. A priori, si Médard n'était pas revenu, ce n'était pas de sa volonté. Il avait eu un empêchement. À l'emplacement habituel où il posait ses filets, la plage fut ratissée, sans succès. L'idée d'un accident germa dans l'esprit des sauveteurs. Un détail intrigua Élie, il n'y avait aucune trace des filets, ni des trois ou quatre piquets de métal qui les maintenaient levés verticalement. Que s'était-il donc passé ? La mer était toujours grosse. Malgré ça, un peu de rouille dans les brisants indiquait que les poissons étaient là, pas loin de la côte. Du PC des recherches, installé à la hâte sur la dune, Martine et Djamila regardaient l'océan. Jojo était resté sous la surveillance du patron de l'hôtel. Ce n'était pas un temps à mettre un enfant dehors. Djamila pensait à ce temps où, enfant, elle jouait avec un monsieur dans une chambre de bonne. Mais elle avait perdu les contours de son visage. La couleur de ses yeux. Elle se souvenait qu'il était gentil, mais ne se rappelait pas si ce monsieur l'avait aimée. Le mari de sa mère, lui, l'avait aimée comme sa fille. Elle le savait. Il lui avait donné de l'affection. C'est aussi à cause de ça qu'elle n'avait pas eu envie de retrouver son vrai père. Il ne lui avait pas manqué. Et puis, s'il l'avait aimée, il aurait cherché à la revoir. À mieux la connaître. Il savait qu'elle existait. Quand sa mère était retournée au Sénégal, il avait failli la suivre, mais le pays, son pays, comme il disait, lui aurait trop manqué. Pourtant, il n'avait plus ses parents. Rien ne le retenait ici. Son travail de docker, il l'aurait retrouvé sur le port de Dakar. Maintenant que Djamila connaissait l'existence de Fanny, elle comprenait mieux pourquoi Médard n'était pas parti. Il avait aimé cette femme plus que sa mère. Elle eut le sentiment de n'avoir pas été l'enfant du bonheur. Cette idée éveilla en elle de la rancœur. Elle trouva, un instant, Médard médiocre. Quel personnage curieux quand même. Cet amour qu'il portait pour Fanny, était-il donc si fort pour n'être remplacé par aucun autre ? La vie est longue. On doit pouvoir trouver, un jour, un autre amour. Une autre raison de vivre. Pouvait-on vivre sans amour ? Sans espoir ? Elle pensait que non.

Le temps passait, et aucune trace de Médard, aucun indice, ne venait encourager les sauveteurs. La nuit allait tomber. Médard avait disparu depuis plus de vingt-quatre heures. Les gendarmes et les pompiers se donnèrent rendez-vous le lendemain vers huit heures, sur la plage de l'Alexandre.

Tout le monde était à pied d'œuvre, quand, vers onze heures, ils virent Élie descendre la dune vers la plage en courant et en brandissant un papier. C'était une lettre de Médard. Postée de l'avant-veille, Élie l'avait reçue ce matin au courrier. Il avait les larmes aux yeux. Son copain, son vieux copain, lui avait écrit une dernière lettre.

Élie,

Depuis le temps qu'on se connaît, je ne peux par partir sans te dire adieu. Avec ce qui s'est passé ces jours derniers, j'ai compris à quel point je m'étais trompé. Sur tout ce que tu sais, et sur autre chose que tu ne connais pas encore. Pour la mère de Martine, j'ai été ignoble. Si, si, ignoble. Nous étions fous, tu le sais. Nous étions étouffés de haine, et à la Libération nous avons fait payer, avec plaisir, tous ceux qui passaient à notre portée et qui avaient eu le tort de parler aux Allemands. Certains le méritaient. Rappelle-toi ce commerçant qui faisait du marché noir et à qui nous avons fait

*creuser sa tombe. Il crevait de peur devant Charly.
Heureusement qu'on ne l'a pas tué. Je n'ai d'ailleurs
jamais su pourquoi il avait été épargné. Avait-il
acheté sa liberté ? Sa vie ? Peu importe. On s'est pris
pour des juges. Pour des justiciers. Pour Flavius, là
aussi j'ai mal agi. Celle qu'il aimait méritait que
je l'avertisse, ce n'était pas de sa faute si son père
était un salaud. Mais j'ai été tellement marqué,
tellement chaviré, quand j'ai trouvé le corps de
Fanny, que je ne supportais plus l'amour chez les
autres. J'étais amoureux fou, tu comprends ? Tu
vois, en t'écrivant ces lignes sur elle, j'ai encore les
yeux remplis de larmes. Pourtant, nous en avons
eu des rêves de liberté, hein Élie ? On avait à peine
vingt ans ! Tu te rappelles aussi de nos peurs ? Des
parachutages ? Des embuscades que nous mon-
tions pour sauver notre Médoc ? Tu te rappelles
notre colère quand ils ont fusillé dans le dos notre
Mandel en juillet 44 ? Et puis avec le temps, j'avais
fini par tout oublier. Enfin, je le croyais. Et Martine
est arrivée. Quel foutu cahier jaune ! Mais il y a
encore autre chose, Élie, que je ne t'ai jamais dite :
j'ai eu une fille avec la serveuse du restaurant où
je mangeais le soir, rue Pomme d'Or. C'était une
belle Sénégalaise. Chic fille. Quelque temps après
la naissance de la gosse, elle a voulu rentrer chez
elle, au Sénégal, et je n'ai pas voulu la suivre. Je
ne pouvais pas quitter le souvenir de Fanny. Qui*

aurait mis des fleurs sur la petite croix de bois à l'emplacement où elle a été tuée ? Du coup, j'ai perdu ma fille des yeux et du cœur. J'ai honte, je ne me rappelle même plus de son nom. Quelle vie minable j'ai eue et j'ai fait aux autres.

Alors ma décision est prise, Élie. J'ai vécu pour la mer, je périrai par la mer. Quand on retrouvera mon corps, ne viens pas le voir. Garde le souvenir de nos joies.

S'il te plaît, Élie, je te demande de faire trois choses : demande pardon à Martine. Deuxièmement, j'ai comme une intuition : demande à Djamila si elle n'est pas née à Bordeaux. Si oui... je ne sais pas quoi te dire. La troisième chose : promet de fleurir la croix de Fanny.

Adieu Élie, que Dieu te garde.

Le visage grave d'Élie était lavé par les larmes. Maintenant, on savait ce qu'avait fait Médard. Il était parti avec la marée. Sûrement enroulé dans le filet, pour être sûr de ne pas pouvoir se sauver. Il y a longtemps, Pascal, le vieux pêcheur, avait fait de même. Comme il savait nager, il avait eu peur de rater son coup, avait-on pensé alors. Enroulé dans les mailles du filet, il ne pouvait que couler.

Les courants avaient dû l'emmener au large, vers le sud. Ils ne le ramèneraient à la côte que dans deux ou trois jours, à condition que le filet ne s'accroche pas à quelque chose.

« La marée devrait le ramener vers la plage sud, vers le Lion », dit le maire avec tristesse.

Marc pensa à la phrase favorite de Médard : « Chaque marée apporte toujours quelque chose d'intéressant à la côte. » Sauf cette fois.

*
* *

« "Que Dieu te garde", ce sont les dernières paroles de Médard à Élie, dit l'Abbé Gaillard au cours de ses obsèques. Médard a décidé de mettre un terme à sa vie. Quelque part, il a désobéi à son créateur et je ne peux l'approuver. Mais que se passe-t-il dans la tête des hommes lorsqu'ils n'ont plus de repère ? La lettre dont m'a parlé Élie semble le laisser croire. Médard n'avait plus de repère, ou en tout cas ne se reconnaissait plus dans le parcours de sa vie. Tout au long de son existence, l'homme est fait de tentations et de faiblesses. Pas facile de se déterminer. Seul dans sa vie, aujourd'hui, dans cette église, Médard nous rassemble. Il est au milieu de nous tous, qui l'avons côtoyé chaque jour, sans toujours savoir, sans toujours comprendre. Il a vécu toute une vie avec ses secrets. C'était un choix apparemment lourd qu'il ne supportait plus. Chacun a, en ce moment, j'en suis sûr, une pensée de ce qu'il a été pour chacun d'entre nous. En bien. Tant mieux. Peut-être en mal. Si c'est le cas, et je pense à vous Djamila, Martine, essayez de lui pardonner, car pour cela, il s'est fait justice lui-même. Que Dieu le garde. »

Pardonner. Martine voulait bien essayer, mais ça ne serait pas facile. Toute une vie gâchée pour sa mère à cause de raisons ridicules. Inhumaines. Son droit d'aimer avait été bafoué. Marc pensait qu'il aurait du mal à pardonner. À cause de lui, Élisabeth s'était éloignée. Il ne savait plus rien d'elle depuis deux jours. Reviendrait-elle ? Pas sûr. Elle avait vraiment l'impression que Marc faisait partie de la famille. Lui aussi. Georges, son père, n'avait jamais vécu son véritable amour. Comment allait-il réagir sans faire souffrir Madeleine ? Djamila avait été sensible à la lettre que lui avait lue Élie. Médard n'avait pas oublié qu'il avait une fille, et ça lui faisait chaud au cœur. Elle avait un immense regret, celui de ne pas lui avoir parlé à temps. De ne pas lui avoir dit que Jojo était son petit-fils, ce Jojo remuant qui amenait un sourire sur le visage de Médard chaque fois qu'il gesticulait devant le flipper. S'il l'avait su, peut-être ne se serait-il pas noyé. Elle allait vivre désormais avec ce doute. Ce remords.

Un brin de colère la gagna : Médard faisait encore souffrir quelqu'un.

Élie avait de la peine. Il venait de perdre un bon copain. Un complice de la Résistance. Ils se disaient tout. Enfin presque. La preuve, cette jolie Djamila. Pourquoi n'en avait-il jamais parlé ? Il en voulait à Médard d'avoir vécu avec un souvenir, celui de Fanny, et d'avoir occulté tout le reste. Mais on n'en veut pas aux morts, alors Élie, bien sûr, lui pardonnait.

Il eut du mal à quitter le cercueil des yeux. Il eut l'impression qu'il mettait en terre tout un pan de sa vie.

XV

Madeleine avait trouvé Georges silencieux toute la soirée. Il lui avait dit que Marc était passé dans l'après-midi. Lorsqu'elle avait demandé ce qu'il était venu faire, il avait bredouillé, sans donner de véritable raison, et il s'était plongé dans la lecture d'un polar. Elle ne s'inquiéta pas, ce n'était pas la première fois que Marc passait seulement pour dire bonjour. Elle savait que la maison sur la dune était son havre, et qu'ici, à Caudéran, ce n'était, quel que soit son confort, qu'une maison dans la ville, comme il disait. Quant à Georges, ce n'était pas non plus la première fois qu'il avait des moments de silence. Elle le connaissait bien. Parfois, la mer lui manquait. Elle le savait. Ils auraient pu s'installer dans une maison plus près de l'eau, sur le bord du bassin d'Arcachon, mais il avait préféré rester aux portes du Médoc. Et puis, Bordeaux était un port dans lequel il avait accosté de nombreuses fois. Il prétendait d'ailleurs que lorsqu'il flânait sur les quais, il sentait encore les odeurs d'épices que déchargeaient les navires en provenance d'Afrique ou des Antilles. Il lui semblait même entendre les ordres criés aux dockers. Aux grutiers. Il avait vécu son métier comme une passion. Bien sûr, il n'avait pas été souvent présent, mais Madeleine, qui l'avait connu dans d'autres circonstances, savait qu'il n'était pas fait pour une vie calme et casanière. La première fois qu'elle l'avait vu, il n'était pas beau. Une balle avait traversé sa jambe et il avait eu une chance phénoménale de ne pas avoir l'artère fémorale touchée. Sûr qu'il serait mort sur le bord de la route, dans un fossé, comme beaucoup d'autres à cette époque. Au préventorium, on ne voyait jamais de telles blessures, mais celui qui l'avait amené connaissait bien Madeleine et savait qu'elle avait été infirmière à l'hôpital Saint-André de Bordeaux. De santé fragile, elle était venue travailler dans cet endroit où l'on soignait les poumons. Elle y serait bien. Avec la complicité du directeur, elle avait mis Georges en sûreté, dans un box abrité par des rideaux, dans la salle réservée aux contagieux. À cette époque, la tuberculose faisait encore des ravages et faisait peur. Du coup, elle avait pu soigner Georges en toute sécurité, personne, ni Français, ni Allemand, ne s'approcherait de cet endroit.

Malgré sa blessure, elle l'avait trouvé tout de suite bel homme. Grand, brun, avec une grande mèche qu'il coiffait avec ses doigts, il avait du charme. Ses yeux marron lui donnaient un regard autoritaire, mais on y décelait une grande gentillesse. Il paraissait sûr de lui. Avec cet épisode, elle avait fait connaissance avec la guerre. Avant, elle ne la côtoyait que par les journaux, ou par les nouvelles que pouvaient raconter les gens. Elle savait qu'il y avait des atrocités tout près d'ici, dans le Médoc, mais à l'abri des dunes, face à l'étang, elle se sentait en sécurité. Bien sûr, de temps en temps, la navigation y était interdite pour des tirs d'entraînement des troupes allemandes, mais ce n'étaient que des entraînements. Bien sûr, elle entendait des bombardiers qui passaient, mais ils bombardaient plus loin. Sauf une fois. Trop chargés en bombes, ils perdaient de l'altitude, alors, pour arriver au terme de leur mission, ils en avaient lâché deux ou trois sur le bord de l'étang, sur un lieu désert, vers la dune de Pichelèbre. Les cratères de sable avaient déformé le paysage. Le village avait senti la guerre de près. Mais les jours s'écoulaient doucement. Sans événement particulier. Alors quand René, son voisin, une nuit, lui avait amené Georges qui perdait son sang, elle avait senti le danger tout proche. Elle avait réalisé que certains se battaient pour chasser l'occupant et prenaient des risques, pendant qu'elle se rassurait. À partir de ce moment, tout tourna dans sa tête. Elle se dit qu'elle aussi était concernée. Elle soigna Flavius, c'est ainsi qu'on lui avait présenté le blessé, avec attention. Presque avec affection. Pourtant, dans son délire, provoqué par une forte fièvre qui avait duré deux jours, il appelait une femme du nom de Colette. Ce n'était sûrement pas pour rien. Mais bon, le sentiment qu'elle éprouvait pour lui était dû au fait de le voir blessé et fragile. Lorsqu'il s'était senti plus en forme, il était parti, un soir, pour une destination qu'elle ignorait. Il l'avait remerciée et s'était faufilé dans la nuit. Elle ne l'avait plus revu. La guerre terminée, la vie avait repris son cours. Un jour d'avril 1947, alors qu'elle prenait un café à la terrasse du bar *Le Derby*, place Tourny à Bordeaux, où elle était allée faire quelques courses, elle avait vu celui qu'elle ne connaissait que sous le nom de Flavius passer devant elle. C'était bien lui. Il s'était installé à une table proche. D'abord hésitante, elle avait osé :

« Pardon monsieur, vous n'êtes pas… Flavius ? »

Étonné, il l'avait regardée.

« Ce nom n'est pas le mien, mais il se peut qu'autrefois on m'ait appelé comme ça. »

Elle sourit. Posa directement la question :

« Votre jambe va bien ? »

Il se leva. S'approcha d'elle.

« C'est vous qui m'avez soigné, je vous reconnais maintenant. Vous permettez ? »

Il s'assit à sa table. Il ne l'avait pas oubliée. Il savait qu'elle s'était bien occupée de lui. Il n'avait aucune séquelle. Juste une très belle cicatrice. Heureusement, car après quelque temps de repos, il était reparti au combat.

« Je vous assure que les combats en Médoc ont été rudes. Il fallait avoir une sacrée santé pour résister. Et je l'avais retrouvée grâce à vous. »

Il raconta ces jours douloureux où presque toute la France était libérée, sauf la poche du Médoc, Royan et La Rochelle. Un peu oubliés de tous, ils avaient dû combattre un ennemi très bien armé.

« Quatre jours de bataille intense, et enfin, la délivrance. Il y en a eu des morts et des blessés, il y en a eu, avait-il dit, la tristesse dans la voix. J'en ai perdu des copains. Ensuite, j'ai suivi la brigade Carnot, commandée par le colonel Jean de Milleret qui s'était illustré dans beaucoup d'endroits et avait libéré le Médoc. Quel homme ! Quelle détermination ! Quel exemple !

Et puis, devant Strasbourg, j'ai décidé de rentrer, le Médoc me manquait trop. »

Madeleine avait pensé à ce nom de femme qu'il appelait dans son délire. S'il était revenu dans le Médoc, c'était peut-être à cause d'elle ? Elle avait osé :

« Quelqu'un vous attendait au pays ? »

Il sourit. Soupira. Non. Personne ne l'attendait. En fait, il croyait, mais il s'était trompé. D'ailleurs, s'il était parti loin d'ici, c'était pour ça.

« On croit des choses, avait-il dit, on souhaite vivre des choses, et puis la vie vous joue des tours. S'amuse et vous laisse seul. Sans trop savoir pourquoi. »

Elle l'avait regardé. Ses yeux sombres semblaient plus doux. L'émotion se lisait sur son visage. Elle le trouva beau. Il l'aimait encore, cette absente.

Ce jour-là, Madeleine avait de nouveau ressenti de l'affection pour ce grand gaillard basané qui lui avait dit s'appeler Georges Arnaud. Elle souhaita mieux le connaître. Elle en avait envie. Une heure après, ils se quittaient en promettant de se revoir.

« Mais, Flavius, demanda-t-elle, pourquoi ce nom ?

— J'ai pris ce nom de guerre parce que j'adore l'histoire et que Flavius Josèphe était un historien d'une période qui me plaît beaucoup. Savez-vous qu'il a peut-être connu Jésus de Nazareth ? »

Non, elle n'était pas spécialiste en histoire, comme il avait l'air de l'être.

« Dans la Résistance, il fallait être discret. En plus, se donner des noms d'emprunt, ça faisait un peu jeu d'enfant. Une manière comme une autre de dédramatiser la guerre. Il y en avait besoin, croyez-moi. D'ailleurs, si un jour j'ai un chien, je l'appellerai Flavius », avait-il dit en éclatant de rire.

Que son rire était frais. Franc. Ce premier rire entendu, il résonnait encore aujourd'hui aux oreilles de Madeleine.

Il lui avait demandé s'il pourrait la revoir. En rougissant, elle lui avait dit que oui. Ils se reverraient, mais pas longtemps, précisa-t-il, car il venait de s'inscrire dans la marine marchande et il partait naviguer dans deux mois. La mer l'avait toujours attiré, et il n'avait pu se résoudre à travailler la vigne ou les pins.

« Dans ce fichu Médoc, on est soit ribeyrot, soit landescot. Jamais les deux en même temps. Les uns ont le vin et la rivière, les autres ont les pins et l'océan. Moi, je délaisse la terre pour prendre la mer. Peut-être qu'un jour lointain… »

Elle savait déjà qu'elle attendrait son retour.

Les deux mois qui avaient suivi avaient été tout bonheur. L'affection s'était transformée en amour. Madeleine avait compris qu'elle ferait sa vie avec lui. Elle serait le port d'attache de cet homme qui ne demandait qu'à bouger. Son coin de terre à aimer. Au bord de la mer. Avec les vagues, le vent et la tempête comme compagnons d'attente. Il ne pensait qu'à bourlinguer, comme il disait.

Puis ç'avait été le départ. Il lui avait écrit régulièrement, lui racontant chaque escale. Elle sentait chez lui ce bonheur du voyage. De son côté, Georges lui était reconnaissant de l'accepter tel qu'il était. Après dix mois d'absence, il revint à la terre, le temps de se marier. Une escale de bonheur. Beaucoup d'autres allaient suivre.

Ce soir, au côté de son mari silencieux, tout ce passé revenait à l'esprit de Madeleine. Mais pourtant, en l'observant mieux, il lui sembla voir dans son regard comme un ailleurs lointain. Le même qu'elle avait remarqué lorsqu'elle lui avait demandé si une femme l'attendait au pays. Elle se dit qu'elle était ridicule, et qu'à son âge la jalousie n'était pas de mise. D'autant qu'une femme de marin ne doit pas avoir ce défaut-là, sinon sa vie aurait été invivable.

C'est au moment du repas qu'il se décida.

« Demain, je vais faire un tour en Médoc. Une ou deux vieilles connaissances à rencontrer. »

Elle lui demanda si elle devait l'accompagner. Il répondit en souriant :

« Madeleine, pardon, mais lorsque nous sommes entre marins, nous n'avons pas besoin de femme. Tu sais ce que c'est. L'alcool aidant, on raconte des histoires un peu grivoises, et parfois, on dépasse allègrement les règles de la décence. »

Curieusement, elle sentit qu'il lui mentait. Et ce, pour plusieurs raisons. D'abord, il ne parlait jamais de ses copains marins, elle ne lui en connaissait qu'un ou deux et ils n'étaient pas dans la région, et ensuite il donnait trop de détails. Comme pour la rassurer. Comme pour se justifier. Elle se demanda ce que son fils était venu faire cet après-midi. Elle s'inquiéta :

« Tu es sûr que Marc va bien ? Tu ne me caches rien ? »

Il comprit qu'elle se méfiait et que son instinct de femme avait décelé le mensonge. Il éclata d'un rire qui sonnait faux.

« Mais pas du tout. Marc va très bien. Voyons Madeleine, tu ne vas quand même pas être jalouse de quelques copains, non ? »

Non, elle ne serait pas jalouse.

Georges se rappelait de chaque détail. De chaque pan de mur de chez les Meyre. Il trouverait sans problème le chemin de ses anciennes amours. Sur la route, il réfléchissait à ce qu'il allait dire. À ce qu'il allait faire. Il était parti sans avoir de plan précis. Il se doutait bien que Colette ne l'attendait pas. Elle avait refait sa vie, et tant mieux. Il ne savait même pas s'il souhaitait connaître ce fils dont il venait d'apprendre l'existence. Pourtant, il culpabilisait. Pour lui. Pour Colette. Pour cet enfant qu'il avait fait sans le savoir. Cet enfant, un autre l'avait élevé. Aimé. Mais même s'il hésitait encore sur la conduite à tenir, ce qu'il voulait, au moins, c'était le voir. Le regarder. Même de loin. Lui qui avait toujours affronté ses responsabilités sans faillir, il doutait. Jusqu'à aujourd'hui, tout s'était écoulé sans problème. L'amour gâché laissait une blessure, mais un autre l'avait remplacé. Madeleine avait été une épouse parfaite. Ce qui lui faisait le plus de peine, c'était l'amour gâché de Marc. Il eut le sentiment qu'une malédiction planait sur les amours de la famille.

En arrivant à l'embranchement de la route du Médoc et de la route des plages, il décida d'aller plutôt vers celle-ci. Il avait envie de rencontrer Marc. Il éprouvait le besoin de s'expliquer avec lui. Toutes ces nouvelles, Flavius et tout le reste, l'avaient profondément touché. Bouleversé. Déstabilisé au point de mettre en danger sa vision de la vie. La vision de son avenir avec cette Élisabeth dont il était amoureux.

La première chose qu'il vit, c'est un attroupement devant le cimetière, à l'entrée du village. Il ralentit. Il vit, à droite, la route qui partait vers Brach. Cette route, il la prenait pour se rendre au maquis de Charly. À quelques kilomètres de là, une petite route blanche, avec un filet d'herbe dans son milieu, menait à la lande de Méogas. Lui revint en mémoire ce message de Londres qu'ils attendaient, lui et ses copains, avec une réelle impatience : « La limonade d'Albert vous sera livrée ce soir. » Lui revint aussitôt à l'esprit l'image des corolles blanches des parachutes qui apportaient des armes pour la Résistance. Une image de la liberté espérée par une bande de jeunes, de très jeunes, dont certains allaient mourir pour elle. En cet instant, il se demanda si, aujourd'hui, les écoliers qui couraient joyeux dans les cours des écoles du Médoc savaient que des jeunes, des gamins de dix-huit ans, avaient pris les armes pour délivrer ce pays d'une oppression ? Leur avait-on seulement appris ? Sans doute pas. Déjà, devant les monuments aux morts, ils étaient absents les jours de commémoration. Georges était pourtant sûr qu'on ne pouvait bâtir l'avenir qu'en connaissant parfaitement son passé. Son histoire, pour éviter les mêmes erreurs. Il sourit. Se dit qu'il était décidément un rêveur. Rien d'autre.

Il ralentit devant l'attroupement. Reconnut Marc. Surpris, il s'arrêta, gara sa voiture, descendit et s'approcha. En le voyant, Marc vint vers lui. L'air accablé.

« Médard s'est suicidé. »

Non, ce n'était pas possible. Médard ! Que de dégâts en quelques jours. Avec Marc, ils jetèrent une poignée de terre sur le cercueil. Médard avait rejoint sa terre. Celle qui l'avait vu naître. Élie vit Georges. Il vint vers lui. Lui serra longuement la main.

« Il m'a écrit une lettre avant de mourir. Il demande pardon à tous. »

Il s'éloigna. Quelque chose s'était cassé chez lui. Trop de souvenirs avaient explosé ces jours derniers. Il marchait en regardant le sol. Marc trouva qu'il était plus courbé que d'habitude.

Le vent continuait de souffler. La pluie, par moments, cinglait les vitres des fenêtres. Décembre n'avait que quelques jours à vivre. L'année des treize lunes allait se terminer.

Vivement, pensa Marc, vivement. Médard avait raison, ces années-là étaient vraiment maudites.

Assis devant la cheminée où brûlaient quelques bûches, Marc observait son père qui regardait danser les flammes. Il avait le regard lointain.

Marc comprenait son désarroi. Il avait le même. Que de brutalité en quelques jours.

« Que comptes-tu faire ? » lui demanda-t-il.

Georges souleva les épaules. Il ne savait pas trop.

« Et maman ? »

Elle le croyait avec des copains marins. Mais elle ne devait pas être dupe. Marc voulut comprendre pourquoi son père n'avait jamais parlé de la Résistance. Georges soupira. Il n'avait rien fait de spécial. D'autres avaient fait bien plus que lui. Il n'avait fait qu'observer. Regarder. Rapporter. Rien d'autre.

« Mais si tu t'étais fait prendre ? »

Il sourit.

« Je ne serais pas là aujourd'hui. Tellement ne sont pas revenus. »

C'est vrai que le maquis, c'était dur. Il fallait se cacher, mais vivre, c'est-à-dire manger, se ravitailler. Parfois, il fallait réquisitionner du bétail. Pour certains, c'était du vol. On leur donnait des bons pour que les fermiers se fassent rembourser à la Libération, mais personne n'y croyait. Ce n'était pas facile. Il y avait le risque permanent d'être dénoncé par des salauds.

« J'ai lu un roman de Romain Gary sur ces années-là, dit-il, j'ai appris un passage par cœur : *"La cachette fut terminée aux premières lueurs de l'aube. C'était une aube mauvaise de septembre, mouillée de pluie : les pins flottaient dans le brouillard, le regard n'arrivait pas jusqu'au ciel. Depuis un mois, ils travaillaient secrètement la nuit : les Allemands ne s'aventuraient guère hors des routes après le crépuscule, mais, de jour, leurs patrouilles exploraient souvent la forêt, à la recherche des rares partisans que la faim ou le désespoir n'avaient pas encore forcés à abandonner la lutte."* »

Comme c'était vrai. À certains moments, combien avaient douté. Avaient menacé de s'échapper. D'abandonner. Combien, fatigués, épuisés par le manque de nourriture, avaient été imprudents et avaient fini assassinés sur un bord de route en criant « Vive la France ». Alors, quand tout avait été fini, Georges avait préféré tout oublier. Les médailles ? Il s'en moquait. Elles n'étaient pour lui que des breloques. Rien d'autre. Flavius ? Pourquoi l'expliquer ? À quoi bon ? Il avait préféré appeler ses chiens ainsi, et s'il se moquait, il ne se moquait que de lui. C'est lui qui avait choisi ce nom. Il lui appartenait, comme cette histoire lui appartenait. Rien de plus.

Marc, alors qu'il avait jugé son père un peu sévèrement à cause de cette histoire, comprit d'un coup sa grandeur. Son désintéressement. Sa totale abnégation. Il fut fier de lui. Le trouva grand. Très grand.

« Je vais téléphoner à ta mère, dit Georges en se levant. Ce soir, je reste ici. Demain, j'irai en Médoc. Sur les traces de mes souvenirs, et j'aviserai. Avant, je vais prendre l'air. »

Georges descendit la dune. Offrit son visage aux embruns. Cette touche salée lui rappela le temps où il naviguait. Il ferma les yeux. Se vit de nouveau sur cet océan qu'il aimait par-dessus tout. Il avait été, lui aussi, un rêve de liberté. Malheureusement, aujourd'hui, il sentait cette liberté une fois de plus menacée par des événements qu'il n'imaginait même pas. Quelle attitude le libérerait ? Il n'en savait encore rien.

XVI

ÉLISABETH était inquiète. Voilà quelques jours qu'elle n'avait pas de nouvelles de Marc. Avait-il vu son père ? Souhaitait-il la revoir ? Elle aimait vraiment ce landescot. Elle se remémora sa dernière phrase : « Les ribeyrots n'ont rien à envier aux landescots. » Elle eut un peu honte de lui avoir laissé croire à cette forme de rivalité entre eux. Elle l'avait fait pour s'amuser. Bien sûr, autrefois, tous le disaient, mais bon, c'était autrefois, et ça n'avait pas empêché de bons rapports entre eux. Elle avait aussi du mal à digérer les deux jours passés chez Marc. Martine lui avait paru tout à fait gentille. Elle n'avait été qu'un amour de jeunesse. Pourtant, il y avait cette chanson. Il l'avait écrite pour cette fille. « Un premier amour marque toujours, lui avait-il répondu quand elle l'avait questionné, on le croit éternel, alors lorsqu'on le perd, il semble

241

que la terre s'effondre. » Comme elle aurait voulu être loin aujourd'hui avec Marc. S'éloigner de ce pays de landes et de vignes, où tant de choses s'étaient passées qui, aujourd'hui, allaient peut-être les éloigner l'un de l'autre.

Elle avait questionné sa mère sur Flavius. Colette n'avait rien su du côté obscur de son amant. Si elle savait que, de temps en temps, il prenait quelques risques, comme beaucoup de jeunes à cette époque, elle ne s'était pas imaginé qu'il jouait un rôle aussi important dans la Résistance. Quant à Flavius, c'était un nom qu'elle n'avait jamais entendu dans la bouche de qui que ce soit. Pour Gaston Meyre, son père, c'est vrai qu'à la Libération, il avait été ennuyé. Il avait même passé deux jours à Bordeaux en garde à vue, et elle avait le souvenir de l'inquié-tude de sa mère. Mais il avait été relâché, faute de véritables preuves. Il n'avait fait que vendre son vin. Rien d'autre, à part quelques fous qui avaient peint sur les murs du vieux chai des croix gammées qu'il n'avait jamais voulu nettoyer. « Le temps lavera les injures », disait-il. Que tout ça était loin. Elle regrettait maintenant d'avoir vu cette photo chez Marc, mais elle se disait que si sa fille épousait ce landescot, de toute façon elle aurait rencontré Georges. Est-ce que la surprise, alors, n'aurait pas été plus difficile à cacher ? Elle ne savait plus ce qu'elle espérait. Ses sentiments étaient partagés. Par moments, la fierté des ribey-rots remontait en elle, et elle voyait mal madame Mercier-Lachapelle se séparer de son mari pour retrouver son ancien amant. Et parfois, pourtant, elle rêvait de se retrouver dans ses bras. Est-ce qu'elle dirait à Paul que Georges était son père ? Que Marc était son demi-frère ? Est-ce qu'elle allait laisser le seul poids de la vérité à Élisabeth ? Elle regretta de lui avoir raconté ce pan de sa vie qui dormait en elle.

*

* *

Georges Arnaud était arrivé à la pointe de Grave. Il fit quelques pas sur la bande de terre qui s'avançait, entre mer et fleuve, pointe extrême de ce triangle médocain. Au large, le phare de Cordouan lui rappela le temps où, à son approche, lorsqu'il naviguait, il savait le port de Bordeaux tout près. L'escale allait être agréable. Marc allait courir vers lui en ouvrant ses bras. Madeleine l'enlacerait, tandis que Flavius, son épagneul, japperait de joie. Une bouffée d'émotion l'enva-hit. Trois coups de corne à brume l'avertirent que le bac quittait port Bloc, pour aller accoster en face, à Royan, qui brillait dans le soleil de cette fin de matinée.

Georges s'avança encore un peu vers la pointe. L'océan, bleu vert sous le soleil, dans un vacarme de vagues fortes, avait du mal à avaler la langue limoneuse du fleuve qui déferlait. La marée la repoussait, mais la digérerait malgré tout. Dans quelques heures, ces deux éléments, parfaitement étrangers pourtant, ne feraient qu'une masse d'eau identique, pour se donner aux navires de passage. Il était maintenant au bout de cette jetée de la pointe de Grave, là où finit le Médoc. À l'endroit où les forces de la Gironde et de l'océan s'affrontent, se confondent, sous l'œil vigilant du phare de Cordouan.

Mains dans les poches d'un long manteau d'hiver, il se disait que les différences étaient brassées par les éléments, marée après marée. Sacrifice nécessaire ? Il se dit qu'il fallait sûrement cela avant d'aborder la sérénité.

« Parfois, la marée salvatrice met longtemps à absorber le sacrifice », dit-il à haute voix.

Georges se retourna vers les terres. La pointe s'élargissait vers le Médoc. Commençait-il ici ? Finissait-il ici ? Qu'importe. Il était là, sous les yeux d'un de ceux qui l'avaient libéré de l'occupant. Il se rappela cet après-midi du 19 avril 1945, où le commandant Schillinger, sortant de son blockhaus des Arros après trois jours de déluge de feu, avait été fait prisonnier. À cet instant, la bataille du front du Médoc avait cessé. Ils avaient eu du mal à réaliser que c'était fini.

Aujourd'hui, il regardait cet endroit. D'un côté, la longue frange de sable rectiligne qui faisait de ce coin une merveille, à l'ombre de la pignada. De l'autre, les terres d'alluvions sur lesquelles la vigne donnait le meilleur d'elle-même. Entre océan et fleuve, le Médoc presqu'île s'étalait. Georges se dit que ce décor avait créé les hommes. D'un côté les coureurs de landes, bergers et gemmeurs : les landescots, avec pour seuls maîtres les vents et les marées. De l'autre les vignerons, ancrés comme leurs pieds de vigne le long de la rivière : les ribeyrots.

Les deux veillant jalousement à leur liberté. Leur noblesse. Lesquels étaient les plus nobles ? Georges pensa qu'aucun n'était plus noble que l'autre. Sans le savoir, ils avaient été, depuis des siècles, l'âme de cette presqu'île. Comme l'eau limoneuse du fleuve et celle de l'océan, ces deux éléments, parfaitement étrangers pourtant, ne faisaient qu'un.

C'est ensemble qu'ils avaient créé leur histoire. Ensemble. À ces mots, Georges pensa à Élisabeth et Marc. Eux aussi, c'est ensemble qu'ils devaient créer leur histoire. Mais lui, que devait-il faire ?

Il remonta dans sa voiture et prit la direction de Pauillac. Sur les quais, au bord de l'eau, le vent s'engouffrait dans le couloir du fleuve. Ici, l'eau coulait sans à-coup. Calmement. Les courants ne se bousculaient pas comme à la pointe de Grave. Maintenant, le but approchait. Irait-il à la rencontre de Colette ? Qu'allait-il faire ? Aurait-il la sérénité du fleuve ? Quel sacrifice serait nécessaire à sa quiétude ? À celle de tous ? Quelle marée allait être salvatrice ?

Il prit la route de Cussac. Dépassa le bourg. S'il se souvenait bien, les vignes devaient être plus loin à gauche, vers le Vieux Cussac. Un panneau sur le bord de la route indiquait « *Vignobles Mercier-Lachapelle* ». C'est vrai que les vignes des Meyre n'existaient plus. Le mariage de Colette les avait annexées au voisin plus important. Il prit la route à gauche. Il distingua une grosse maison entourée de vignes, avec des chais accolés. En ce mois de décembre, il n'y avait pas d'agitation. Il se gara. En descendant de voiture, il tremblait légèrement. Il ne savait toujours pas ce qu'il allait dire. Ce qu'il allait faire. À peine arrêté, il vit une jeune femme venir vers lui. Elle était très jolie.

« Vous cherchez quelque chose ? » lui demanda-t-elle.

Il ne savait toujours pas que dire. Son hésitation fit froncer les sourcils de la jeune femme.

Elle pensa que, malgré la voiture immatriculée en Gironde, c'était peut-être un étranger.

« Allemand, anglais ? », demanda-t-elle.

Non, il était bordelais. De passage dans ce coin, il s'était rappelé avoir bu un vin d'une propriété, peut-être disparue aujourd'hui, du nom de Meyre, mais il n'en était pas très sûr.

« Il y a très longtemps, monsieur, que cette propriété a été absorbée. Je n'étais pas née. »

Il sourit en hochant la tête.

« Tans pis. C'était un bon vin. »

Il fit mine de partir, se ravisa. Peut-être qu'elle-même avait du vin à vendre, et les fêtes approchant, puisqu'il était là, s'il pouvait goûter. Elle l'invita d'un geste à entrer dans le chai. Plusieurs rangs de barriques étaient en alignement parfait. Il y régnait un silence de cathédrale dans une température douce.

« Il fait plus chaud ici que dehors », dit-il.

Il suivit la jeune femme jusqu'à une salle attenante au chai. De vieux pieds de vigne décoraient l'arrière. Sur le côté, des bouteilles de vin, d'années différentes, attendaient les dégustateurs. Elle passa derrière un comptoir. Posa un verre devant lui. Demanda :

« Quelle année souhaitez-vous goûter ? »

Il haussa les épaules. Il ne savait pas trop. Il lui faisait confiance. Elle lui fit goûter un vin de 1970.

« Nos vignes sont dans un sol graveleux issu de graves garonnaises. Très bien exposé, l'encépagement est constitué de cabernet sauvignon, de merlot, de cabernet franc et de petit verdot. L'âge moyen des vignes est de trente ans et l'élevage se fait en barrique, que nous changeons par tiers tous les ans. Les assemblages sont faits ici, par mes soins. Mais mon père surveille quand même », dit-elle en souriant.

Georges n'avait pas souvent entendu parler du vin comme ça. Il fut impressionné par les détails que lui donnait la jeune femme. Il porta le verre à ses lèvres et le but lentement. Il la vit sourire. Presque ironiquement.

« Je n'ai pas l'habitude, dit-il, je ne connais pas les techniques pour goûter le vin. Cependant, je l'apprécie, et ce 70 est particulièrement bon, vous ne trouvez pas ? »

Bien sûr que si. Elle ne jugea pas utile de lui dire que son bouquet était parfait, que le retour en bouche était excellent, avec une touche de framboise. Elle se dit qu'elle avait affaire à un bien piètre connaisseur. Ma foi, s'il achetait, elle pardonnerait facilement son incompétence.

« Vous savez, le landescot que je suis n'a pas la bouche des ribeyrots », dit-il en souriant.

Élisabeth dressa l'oreille. C'était quoi ce langage ? Elle le regarda mieux. Eut un doute. Il avait dit cette phrase comme ça, par hasard, ou bien c'était prémédité ? Elle pensa aussitôt à Marc. Essaya de se rappeler la photo chez lui. C'était son père ? Si c'était lui, Marc lui avait donc tout raconté. Mais alors, il venait pour quoi faire ? Pour connaître Paul ? Pour retrouver sa mère ? Élisabeth était inquiète. Comment cette histoire allait-elle se terminer.

« Pourquoi vous me parlez de landescot, monsieur ? »

Georges prit son temps pour répondre. But une autre gorgée.

« J'ai une villa sur une dune de la côte, chez les landescots. Enfin j'ai, j'avais, puisque je l'ai donnée à mon fils. »

Maintenant, elle en était sûre, c'était le père de Marc.

« Vous êtes le père de Marc ? »

Il fit signe que oui de la tête.

« Alors c'est vous Flavius ? »

Il fit de nouveau oui de la tête. Marc lui ressemblait. Même visage doux. Même couleur des yeux. Il avait dans le regard un air d'aventurier. De corsaire. Pas étonnant que sa mère ait succombé à son charme.

« Alors vous êtes au courant de tout. »

Il fit encore oui d'un mouvement de tête. Mais il voulait quoi à la fin, voir sa mère ? Ou bien était-il le messager de Marc ?

Il répondit que non, il n'était porteur d'aucun message. Il ne savait même pas s'il avait eu raison de venir. Pourtant, il n'avait pas pu résister à la tentation. Il avait l'impression d'avoir une dette. Terrible. Lourde à porter depuis qu'il savait.

Élisabeth se dit qu'elle devait appeler sa mère. Il fallait en finir de cette situation. Il était temps. Tant pis pour les conséquences. Elle savait maintenant ce qu'elle désirait. Marc. Quoi qu'il arrive. Elle décrocha un téléphone intérieur.

« Maman, s'il te plaît, tu peux venir tout de suite au chai ? »

Georges se retourna vers la porte qui s'ouvrait.

« Que se passe-t-il, Élisabeth ? » demanda Colette.

D'un coup de menton, Élisabeth lui montra Georges.

Colette le regarda. Blêmit. Elle porta ses mains à son visage. Elle avait reconnu son amant des vendanges. Elle crut que ses jambes allaient la lâcher. Elle ne l'avait pas vu depuis 1943. Trente-cinq ans. Trente-cinq ans à se demander pourquoi il n'avait pas réapparu. Elle trouva qu'il avait gardé tout son charme. Peut-être même plus, grâce à ses cheveux blancs. Le regard n'avait pas changé.

« Georges, dit-elle, c'est bien toi ? »

En souriant, il fit oui de la tête.

« Je sais pour ton fils. Enfin, notre fils. Je suis désolé, mais le message… »

Colette le coupa. Élisabeth lui avait parlé de Médard. D'un certain Flavius aussi. Fichue guerre qui avait fait des torts à tous, même sans combattre.

« Je suis revenu dès que j'ai pu, mais tu étais mariée. Alors j'ai disparu, pensant que je m'étais trompé sur ton compte. Il ne me restait plus qu'à t'oublier. Enfin, à essayer de t'oublier. »

Parce qu'il l'aimait vraiment, il lui en avait voulu longtemps. Les mois suivants avaient été durs. La voir au bras d'un autre lui avait fait mal. Il avait pensé qu'elle n'était qu'une marie-couche-toi-là et rien d'autre. Un vendangeur, puis un autre. Elle avait été son premier amour. Sa première expérience sexuelle. Alors il s'était réfugié dans la clandestinité, pour oublier sa peine.

« Après la guerre, j'ai retrouvé par hasard Madeleine, celle qui avait soigné ma blessure. Elle m'a aimé profondément. M'a donné Marc, que tu connais je crois. Et puis Médard a avoué des choses pas très jolies, qui ont rouvert des plaies enfouies au plus profond de nous. J'ai donc appris que tu n'avais pas été prévenue et que ton mariage pressait. J'ai regretté les mauvaises pensées que j'avais eues alors. »

Colette buvait ses paroles. De toute évidence, elle l'aimait encore. Tout remonta à sa mémoire. L'odeur de l'herbe sèche de septembre, sur laquelle elle s'était donnée à lui. Le jeu des grappes écrasées sur le visage dans les rangs de vigne. La fête de la gerbaude. Les éclats de rire qui faisaient oublier la guerre. Un instant. Un jour. Une heure. Tout était bon pour l'oublier, cette fichue guerre. Elle se rappelait la force de ses bras qui la serraient. Même son odeur était restée intacte en sa mémoire. Et voilà qu'aujourd'hui, il était là. Devant elle. Depuis qu'elle l'avait reconnu sur la photo, elle attendait cet instant. Elle avait préparé tout un tas de choses à lui dire. Tout un tas. Mais là, devant lui, dans cet endroit où le vin vieillissait dans le silence et la fraîcheur du chai, elle les avait perdues. Disparus les mots d'amour qu'elle croyait pouvoir lui dire. Disparus les gestes qu'elle croyait pouvoir faire. C'est fou ce que les choses que l'on attend avec impatience semblent ridicules lorsqu'elles sont à notre portée. Impossibles à faire. À vivre.

Élisabeth regardait sa mère. Elle se demandait ce qu'elle allait faire. Ce qu'elle allait dire. Que souhaitait-elle ? Et Georges, pourquoi était-il venu jusqu'ici ? Pour la récupérer ? Pour faire la connaissance de son fils ? Si oui, comment Paul prendrait la nouvelle ? Il serait sonné. Déstabilisé. L'inquiétude la rongeait. Elle ne souhaitait pas voir sa famille se déchirer. Exploser. Elle ne souhaitait pas voir son père malheureux. Pas plus que sa mère. Que le sort était décidément cruel. Médard n'avait au demeurant que jeté une lettre à l'eau. Par bêtise. Mais quelles conséquences ! Quel rapport entre sa mère et Fanny ? Simplement la haine de l'occupant, mais cette haine, compréhensible bien sûr, n'avait rien à voir avec Colette. Quand Élisabeth était plus jeune, sur le bord de la rivière, elle lançait des cailloux pour faire des ricochets. Elle pensa que depuis trois jours, elle avait découvert que tout était ricochet. De Médard à Aline, de Médard à Flavius et de Médard à Colette, le caillou ne cessait de rebondir, et chaque nouveau rond dans l'eau blessait quelqu'un. Ravivait une plaie. Mais bon sang, pourquoi un après-midi, dans un parking, elle n'avait pas évité ce landescot de malheur ? Sans lui, rien ne serait arrivé. Rien. Elle n'aurait jamais connu la villa sur la dune. Ni Élie. Ni Médard. Ni Martine. Ni Djamila. Sa mère n'aurait jamais retrouvé Georges. Et elle, elle serait restée tranquillement la ribeyrote qu'elle était. Un point c'est tout.

Devant un tel constat, Élisabeth se retint pour ne pas éclater en sanglots. Elle était entre sa mère et le père de son frère, tandis que celui-ci, tout à côté, dans les bureaux de la maison, avec son père, ne se doutait même pas du drame qui se jouait à quelques mètres. Georges brisa le silence :

« Que pouvons-nous faire maintenant Colette ? »

Elle ne savait pas. Elle ne savait plus. Elle lui expliqua l'émotion ressentie quand elle avait vu la photo sur la cheminée, chez Marc. Elle avait failli se trouver mal. Sa première réaction avait été de savoir pourquoi il l'avait quittée sans rien dire. Elle avait imaginé qu'il se cachait à cause du travail obligatoire en Allemagne. Elle avait aussi pensé à cette vieille rivalité entre ribeyrots et landescots, mais non, ça ne pouvait pas être ça. Même s'il sentait bon les embruns, elle ne savait pas d'où il était vraiment. Elle se souvenait que lorsqu'elle lui avait demandé son nom de famille, il n'avait pas répondu, tournant la tête comme s'il n'avait pas entendu. Même chose quant à l'endroit où il habitait. Mais curieusement, ces non-réponses avaient fait de lui un personnage mystérieux qui l'avait fascinée. Elle s'était mise à rêver encore plus, mais à aucun moment elle n'avait imaginé qu'il était entré dans la Résistance et qu'il taisait son nom et son adresse pour mieux se protéger. Jamais. Même lorsqu'il lui racontait ses escapades avec son copain Videau, pour voler l'essence dans des bateaux coulés du côté de Blaye. En plus du mystère, il y avait l'aventure. De quoi faire rêver la jeune fille qu'elle était et qui n'avait jamais quitté les limites de la propriété.

« Comment voulais-tu que je ne sois pas amoureuse de toi ? Tu me sortais de mon environnement habituel, fait d'éternelles convenances. »

Élisabeth sourit. Elle ressemblait vraiment à sa mère. En ce moment, elle souhaitait presque les voir s'enlacer. Ils étaient si près, qu'ils se touchaient presque. Il aurait suffi de peu pour qu'ils tombent dans les bras l'un de l'autre. Malgré la beauté de ce moment, Élisabeth se dit qu'elle devait intervenir. Ils n'allaient quand même pas gâcher encore deux couples. Pour l'instant, apparemment, ce n'était pas leur souci. Elle s'avança vers Georges, qui recula d'un pas.

« C'est Marc qui vous a demandé de venir ? »

Non, ce n'était pas lui. Il l'avait croisé aux obsèques de Médard, lui avait dit qu'il partait pour le Médoc, sans lui préciser quoi que ce soit. Marc attendait son retour. Sûrement avec impatience et inquiétude aussi.

« Je ne pouvais rien lui dire, je ne savais pas ce que j'allais faire. »

Élisabeth le regarda dans les yeux :

« Et maintenant, vous savez ? »

Non, il ne savait pas. Colette avait les yeux mouillés de larmes. Elle non plus ne savait pas. Ne savait plus. Bien sûr qu'ils s'aimaient encore, mais avaient-ils le droit, aujourd'hui autant qu'hier, d'être ensemble ?

« J'ai un fils que je ne connais pas, dit Georges.

— Il a un père qui l'aime », répondit Élisabeth.

Georges baissa les yeux. Élisabeth avait raison. Il réalisa qu'il n'avait pas le droit de tout casser. De tout détruire. Même s'ils avaient mille raisons, ils ne pouvaient pas vraiment.

« Je n'ai pas le droit de vous empêcher de connaître votre fils », dit une voix derrière eux.

Ils se retournèrent brusquement. Le mari de Colette était debout, appuyé à une rangée de barriques. Il était pâle. Très pâle.

« Je me doutais qu'un jour vous réapparaîtriez. Le temps passant, j'espérais que ça n'arriverait pas. Mais, aujourd'hui, alors que j'étais persuadé que c'était devenu impossible, vous voilà. »

Entré dans le chai depuis un moment, il avait entendu la conversation.

« Quand nous nous sommes mariés, je savais que Colette était enceinte. Mais mon père avait fait un marché avec le vieux Gaston : la fille, les hectares de vigne et son enfant à venir. "Et l'amour ? avais-je rétorqué. — C'est quoi,

l'amour, m'avait répondu mon père, rien d'autre
qu'une passion passagère et inutile en affaires.
Tu ne le regretteras pas." Je vous le dis, monsieur, je l'ai regretté au début parce que j'étais
amoureux de la fille des Maransin. De braves
gens sans vignes, qui travaillaient à la taille et
aux vendanges. Elle n'avait pas de bien. Elle aussi
m'aimait. Elle a disparu peu après mon mariage,
et je ne l'ai plus jamais revue. Et puis, alors que
je ne m'y attendais pas, l'amour est venu. Petit
à petit. Jour après jour. Banalité après banalité.
Sourire après sourire. Lorsque Paul est né, j'ai
oublié qu'il n'était pas de moi et je l'ai aimé d'une
force incroyable. Il était si mignon. Si gai. Il a
été le soleil de ma maison, monsieur, et pendant
longtemps j'ai eu peur chaque fois qu'un étranger
venait au château. Je pensais toujours : c'est le
père de Paul. Il vient le réclamer. J'ai tellement eu
peur de le perdre, que je l'ai aimé peut-être plus
que toi, Élisabeth, et je t'en demande pardon.
Avec le temps, j'ai fini par me persuader que son
père ne viendrait plus, et voilà qu'aujourd'hui,
vous êtes là devant nous. Par quel hasard, je n'en
sais rien. Je ne sais pas ce que vous allez faire,
monsieur. Je ne sais pas, ma femme et vous, ce
que vous allez décider. Quelles que soient vos
raisons, je trouve seulement qu'il est bien tard
pour refaire une vie. Bien tard. Mais la décision

ne m'appartient pas et je ne réclame rien. Surtout pas une forme de pitié ni de remerciements quelconques. »

Élisabeth fondit en larme. Elle se blottit contre son père. Elle le trouvait grand. Très grand. Lui aussi, malgré son aspect rigoureux, avait eu peur toute sa vie durant, peur qu'on lui vole celui qui était devenu son fils. Elle ne lui en voulut pas de l'avoir aimé plus qu'elle. Elle le comprenait tant. Colette regardait son mari. Il ne lui avait jamais parlé avec autant d'amour. Il ne lui avait jamais dit qu'il l'aimait à ce point. Pourquoi ? Il sourit.

« Les mots d'amour sont faits pour les jeunes. À nos âges, seuls les silences parlent à qui veut bien les entendre. »

Colette ne reconnaissait pas son mari. Elle avait le sentiment de le découvrir. Il avait tout caché sous une éducation sans faille. Sans laisser les sentiments transparaître. Même ses peurs étaient passées inaperçues. Elle le trouva vrai. Impressionnant. À ce moment-là, Paul entra dans le chai. Il les regarda, surpris. Se mit à rire.

« Oh ! lala ! c'est un complot viticole ? Vous en faites une tête. »

Élisabeth vint aussitôt vers lui. Elle devait réagir. Après, Georges et ses parents feraient ce qu'ils voudraient. Maintenant, elle devait improviser. Et vite. Elle inventa.

« Figure-toi que ce monsieur, qui vient de goûter notre vin, trouve que le saint-émilion est meilleur. Je dois te dire que c'est un landescot ! »

Paul éclata de rire.

« Mon pauvre monsieur, landescot ou pas, vous touchez la corde sensible de ma sœur. Le vin, son vin, enfin, celui de nos vignes, est pour elle le meilleur du monde. Il faut vous dire que c'est elle qui fait les assemblages. Mon père donne encore son avis, mais jusqu'à quand, ça, on n'en sait rien. Et si vous tenez à sortir vivant de ce chai, il va falloir que vous changiez d'avis. Vous savez, les jeunes, maintenant, savent ce qu'ils veulent. »

Georges sourit. Grâce à Élisabeth, tous venaient de sortir d'une situation pour le moins embarrassante. Il fit son choix en un instant. D'un coup, il sut ce qu'il ferait. Il ne casserait aucun ménage. Ni le sien, ni celui de Colette. Son mari ne le méritait pas. Il avait élevé Paul, son fils, avec un amour qu'un marin n'aurait pas su donner, à cause de ses absences. Marc le savait bien, puisqu'il avait attendu plus de trente ans pour vraiment connaître son père. Si ce qu'il venait de décider réussissait, il verrait son fils souvent, puisqu'il deviendrait le beau-frère de Marc. Il en profiterait malgré tout, et tous y trouveraient leur compte. Les dégâts qu'avait faits Médard étaient suffisants. Maintenant, tout ça devait s'arrêter.

« Monsieur que je ne connais pas, je vous remercie de me prévenir, mais si je suis ici, c'est certes pour goûter le vin, mais aussi pour autre chose de très important qui concerne votre famille. »

Élisabeth et ses parents se crispèrent. Georges allait-il dire à Paul qu'il était son père ? Comment allait-il réagir ? Georges continua :

« Si je suis ici, c'est parce qu'autrefois, quand j'étais tout jeune, j'ai vendangé dans les vignes de votre grand-père, Gaston Meyre, et que je me suis souvenu que son vin était bon. J'ai également appris que ses vignes étaient maintenant chez les Mercier-Lachapelle. Alors, comme je pense que mon fils Marc souhaite se marier avec une ribeyrote qui a du talent en tant qu'œnologue, je suis venu goûter le vin qu'elle élève. Et si elle l'aime autant que son vin, Marc a des chances d'être heureux. Il ne lui reste plus maintenant qu'à dire oui à mon landescot de fils. Enfin, si elle veut toujours de lui, parce qu'il paraît que cette année des treize lunes, qui a fait pas mal de misère à la météo, contrarie même les amours. Un comble pour une lune qui abrite, soi-disant, Pierrot et Colombine ! Alors, pensez-vous, jeune homme, que cette jeune fille, un : pardonnera mon ignorance des vins, deux : épousera mon fils Marc le landescot, trois : me laissera sortir du chai sans encombre ? »

Paul éclata de rire. Colette se colla à son mari. Élisabeth prit les mains de Georges.

« Marc m'a toujours dit qu'il avait un père formidable. Il était en dessous de la vérité. Son père est exceptionnel.

— Arrêtez les compliments, sinon je vais trouver votre vin exceptionnel », dit Georges en riant.

*
* *

Madeleine souleva le rideau et vit Georges se garer le long du trottoir. Elle l'attendait avec anxiété. Elle avait compris que cette histoire de copains marins était une pure invention. Quelque chose se tramait dans son dos et elle était inquiète. Georges entra. Accrocha son manteau à une patère. Embrassa Madeleine sur la joue. Se jeta sur le fauteuil.

« Fatigué ? demanda Madeleine. Ces agapes se sont bien passées ? »

Georges ne dirait pas la vérité à sa femme. Inutile de lui faire de la peine. Inutile de lui dire qu'il avait eu un fils avec Colette. C'était sûrement un peu de lâcheté, mais à quoi bon faire de la peine à celle qui partageait sa vie depuis si longtemps ? Qui avait supporté les absences de ses voyages ? Ses infidélités de marin ? Il y avait assez de personnes qui savaient pour Paul. Un jour, peut-être que le destin réglerait les choses. Il ne savait pas. La journée d'aujourd'hui avait été suffisamment dure, il n'avait pas l'intention d'en rajouter.

« Sans problème. »

La réponse ne suffit pas à Madeleine. Elle précisa :

« Et si tu me disais plutôt la vérité, Georges, c'est de Marc qu'il s'agit, non ? Ne me dis pas qu'il est venu pour rien l'autre jour. »

Georges sourit. Regarda sa femme avec tendresse.

« Exact, il s'agissait bien de Marc. »

Il se redressa dans son fauteuil.

« Figure-toi que ton fils est amoureux d'une ribeyrote, et que la demoiselle a du caractère. Du coup, notre landescot de fils m'a chargé d'être son ambassadeur. J'arrive donc de demander la main de mademoiselle Mercier-Lachapelle pour ton chenapan de fils. »

Madeleine n'en croyait pas ses oreilles. Son fils allait se marier ?

« J'attends la réponse, mais je pense que tu vas avoir, ma chère, une belle-fille. Elle est aussi jolie qu'elle a du caractère, et elle fait un vin à vous damner les papilles. »

Il éclata de rire. Se coucha presque dans son fauteuil.

Il s'endormit sous le regard tendre de Madeleine en pensant que cette journée avait été somme toute assez réussie. Seule ombre, son autre fils. Mais il savait que Marc, sans le lui dire, en devenant son beau-frère, le considérerait comme un frère.

XVII

Le delta de la Somone brillait sous le soleil. Au passage du bateau le long de la mangrove, les mouettes, les ibis, s'envolaient en criant. En accostant, Djamila prit Jojo dans ses bras pour descendre. Martine sauta du bateau. La longue langue de sable jaune était brûlante. Depuis qu'ils avaient atterri à Dakar, la chaleur les accompagnait.

Djamila avait rejoint ses parents au Sénégal, avec Martine dans ses bagages. Après ce qu'elle venait de vivre, elle avait éprouvé le besoin de changer d'air. De mettre de la distance entre elle et son passé. Ou plutôt le passé de sa mère. De plus en plus, elle regrettait d'avoir ouvert ce cahier jaune. Même si Médard avait été odieux, elle n'arrivait pas à lui en vouloir. Il avait tellement souffert lui aussi. Il n'avait pas imaginé qu'Aline aurait toute une vie gâchée à cause d'un règlement de comptes ridicule dicté par une haine difficile à contenir. Elle pensait que sa mère aurait pu en parler à son père. Elle se serait peut-être libérée de cette douleur qui lui avait empoisonné la vie. S'il l'aimait, ce qui était le cas, il l'aurait aidée à oublier. Tous pensaient, à cette époque, que les femmes à qui l'on avait fait subir cet outrage retrouveraient une vie normale. D'ailleurs, elle avait été, apparemment, la seule à en souffrir vraiment. Les deux autres s'étaient fondues dans le paysage du village qui avait retrouvé, petit à petit, ses couleurs d'avant la guerre. Les passions étaient allées en diminuant, et tous avaient oublié les excès de l'histoire. Martine avait fini par se dire que Médard s'était jugé lui-même et s'était appliqué la sentence. Elle avait voulu regarder droit dans les yeux ceux qui avaient fait ça, pour rester fidèle à sa mère. Elle l'avait fait, et Médard en avait tiré les conséquences. Martine espérait par contre que Marc retrouverait son équilibre avec Élisabeth. En le quittant, elle lui avait demandé les paroles de la chanson. Il les lui avait données avec émotion. Elle les lirait de temps en temps. Pour elle, le village où sa mère avait subi ces outrages n'existait plus. Elle n'y reviendrait plus. La boucle était bouclée. Elle garderait seulement le souvenir de vacances heureuses avec Marc.

L'Année des treize lunes

Elle garderait seulement le souvenir d'une forte amitié qui avait ressemblé à de l'amour, avec lui.

Djamila avait raconté à sa mère que Médard, en la voyant, s'était douté qu'elle était sa fille, mais qu'elle n'avait pas eu le temps de lui dire : il s'était donné la mort avant. Sa mère avait appris la nouvelle avec ce fatalisme qui caractérise l'Afrique. Elle était malgré tout déçue que sa fille n'ait pas pu lui parler comme elle aurait voulu. Djamila avait décidé de revenir s'établir à Saly, à quelques kilomètres de Dakar. Elle pouvait devenir avocate. Même si la concurrence était rude avec les marabouts, disait-elle en riant, elle arriverait bien à se faire une clientèle en ville. Pour l'instant, elle faisait découvrir son pays à Martine, à qui ce dépaysement faisait du bien.

L'eau de la lagune de la Somone était tiède. Elle communiquait avec l'océan par un bras de mer étroit et court. On pouvait s'aventurer loin tout en ayant pied. Plus loin, la réserve était interdite aux touristes, mais Djamila connaissait suffisamment le pays pour braver les interdictions. Ici, elle était chez elle. D'autant que, de l'autre côté d'une langue de sable où se prélassaient des pélicans, des tambours résonnaient dans un rythme parfait, comme une invitation au voyage. La curiosité l'emporta. Elle avait décidé d'aller voir. Jojo se régalait à la vue des oiseaux aux multiples couleurs s'envolant sous ses cris. Son grand-père, Casimir N'Diam, les connaissait tous par leurs noms : pélicans, hérons, aigrettes, flamants roses, martins-pêcheurs huppés. Martine, en voyant l'air ébahi de Jojo, pensa qu'avec Élie, dans les forêts de pins ou sur le bord de l'étang du Cousseau, avec Marc, ils avaient sûrement eu l'air émerveillés qu'avait Jojo aujourd'hui. Elle regretta encore plus la disparition de Médard, qui aurait été d'un bon enseignement pour son petit-fils.

Les tambours résonnaient de plus en plus. Sans s'en rendre compte, Djamila et Jojo commençaient à se laisser prendre au rythme. Ils se déhanchaient avec grâce. On entendait clairement des sons de flûtes. Casimir montra de la main un bosquet plus loin.

« Derrière ces arbres, il y a un village peul. Ils jouent de la flûte et marquent le rythme avec le tama[1] et les djembés[2]. »

Martine demanda s'il y avait une fête.

« Aujourd'hui, c'est la Korité, dernier jour de jeûne du mois du ramadan. Ils vont faire la fête. »

Ils continuèrent leur chemin. Quelques dizaines de mètres plus loin, une horde d'enfants

---

1. *Tambour sénégalais que l'on place sous les aisselles.*

2. *Tambour sénégalais que l'on place devant soi, entre les jambes.*

vint vers eux en criant. Inquiet, Jojo se réfugia dans les jambes de sa mère.

« N'ai pas peur, dit Casimir, ils nous ont repérés et viennent nous chercher pour la fête. À partir de maintenant, nous sommes leurs invités. »

Le village était entouré d'une palissade, pour protéger du vent et des animaux nocturnes. Les cases de bambou entouraient une petite place. Sur le sol de terre, parfaitement propre, les hommes étaient assis, tandis que les femmes s'affairaient à cuisiner un tiéboudiène. Un groupe de jeunes filles dansait au son de la musique. Elles déroulaient leur corps avec grâce et volupté. Trois ou quatre chèvres étaient montées sur des arbustes et les dévoraient avec frénésie. Il se dégageait du spectacle une paix totale. Un bien-être absolu, qui surprit Martine. Au milieu d'un groupe d'hommes, Casimir salua le chef. Selon la tradition, prit de ses nouvelles. La blancheur de peau de Martine attira des sourires sur les lèvres. Elle comprit qu'elle suscitait l'attention. Le chef leur fit signe de prendre place. Ils s'assirent en tailleur sur la terre battue ocre rouge. Un homme préparait la cérémonie du thé. Après avoir mis des petits pains de sucre dans une bouilloire où infusaient des feuilles de thé vert, avec une lenteur calculée, il versa le liquide brûlant dans un verre, en levant le récipient, puis remit le thé versé dans la théière, et recommença ainsi plusieurs fois, provoquant à chaque fois de la mousse. Martine réalisa qu'ici, le temps avait une autre valeur. Il ne se mesurait pas. L'instant comptait. Seulement l'instant, et on le faisait durer.

L'homme, ensuite, plaça des verres sur un plateau de cuivre martelé, les remplit de thé brûlant et les offrit aux invités.

Maintenant, la nuit était tombée. La fraîcheur s'installait. Les danses avaient cessé. Au signal du chef, les femmes firent passer de l'eau, afin que chacun se lave les mains.

« Il faut toujours se purifier avant de toucher des aliments », dit le chef.

Le moment du repas arrivait. Djamila se pencha vers Martine :

« Attention, ne te sers qu'avec la main droite et ne mange aussi qu'avec ta main droite. Ici, la main gauche est considérée comme impure. »

Martine se demanda comment elle allait pouvoir manger d'une seule main et sans couverts. Elle observa. Avec les doigts, ils faisaient glisser les aliments dans le creux de la main et, en refermant les doigts, faisaient des boules de nourriture qu'ils portaient à la bouche. Après plusieurs tentatives qui échouèrent, provoquant de grands rires, elle finit par pouvoir manger.

Depuis un moment, un vieil homme assis à côté du chef regardait Martine. Elle se dit que décidément, elle était la curiosité. Le vieil homme l'observait. Elle le trouva mystérieux. Les rides lui creusaient le visage. Sa tête était coiffée d'un turban. Vers la fin du repas, il fit un signe au chef. Le chef approcha son oreille. Écouta attentivement, puis regarda Martine. Il se tourna ensuite vers Casimir, lui dit quelques mots. Casimir se tourna vers Martine. Lui fit signe de s'approcher.

« Ce vieil homme est le marabout du village. Il dit au chef que tu n'es pas bien dans ta tête. »

Martine ne s'attendait pas du tout à ça. Il lui semblait pourtant que son visage n'exprimait aucune tension. Qu'est-ce qui lui faisait penser ça ? Le marabout lui répondit directement :

« Tes yeux parlent pour toi. Ils voient encore des images difficiles. Elles te font mal. Elles t'empêchent de penser à toi. »

Pour le coup, Martine fut stupéfaite. Ici, à des milliers de kilomètres de chez elle, cet homme qu'elle n'avait jamais vu avait deviné ça. Incroyable.

« Demain, au petit jour, je t'attendrai devant le grand baobab, plus loin dans la brousse. Nous parlerons. »

Demain ? Mais ils ne pouvaient pas rester ici ce soir. Il fallait rentrer, ne serait-ce que pour

Jojo. Casimir montra Jojo du doigt, il dormait déjà comme un loir, sur la terre battue, sa tête reposant sur la jambe de sa mère.

« Nous resterons ici ce soir, dit Djamila. Ce que t'a dit le marabout est une invitation. On ne peut pas la refuser sans l'offenser. »

Casimir expliqua que ce marabout avait une grande réputation. Qu'il n'était pas un marabout ficelle, comme beaucoup d'autres, qui faisaient n'importe quoi pour un peu d'argent. Non, celui-là était un marabout religieux.

« Ce sont leurs prières, leur vie ascétique et leur qualité intrinsèque d'homme de Dieu qui leur permettent d'obtenir des faveurs divines pour leurs fidèles.

— Mais je ne suis pas une de ses fidèles, dit Martine, je ne suis pas musulmane. »

Casimir sourit. Ça n'avait aucune importance. Pour ces hommes de prières, seul le bien-être de l'homme comptait, quelle que soit sa religion.

« Grâce à leur savoir, leur sainteté, leurs prières, ils permettent aux hommes de les conduire sur le droit chemin et de réaliser certaines de leurs demandes relevant de la vie ici-bas. »

Martine était éberluée.

Plus tard dans la nuit, une femme leur montra une case. Ils se couchèrent sur des couvertures. Les tambours, qui avaient repris leur rythme sourd, maintenant s'étaient tus. Sous une lune presque rousse, le silence de la nuit africaine les enveloppa, troublé seulement par quelques cris d'animaux lointains, en chasse pour la nuit.

Le baobab était énorme. Autour, à quelques mètres, sur la plaine, des termitières, cônes de terre rouge, semblaient monter la garde. Jojo était resté jouer avec les enfants du village, ils couraient entre les cases en criant. Au pied du baobab, assis devant un feu de brindilles qui se consumait lentement, le marabout regardait venir Martine, Djamila et Casimir. Ils le saluèrent. D'un geste de la main, il leur fit signe de s'asseoir devant lui. Au bout d'un moment de silence, il parla du baobab :

« Le baobab, c'est l'arbre du bien. Toutes les parties de cet arbre constituent des médicaments. Mais ce n'est pas tout, dit-il, il soigne aussi les âmes, parce qu'il est bon. Parce qu'au début, il a appris l'humilité. »

Il ferma les yeux. Baissa la tête. Resta de nouveau silencieux. Il semblait s'imprégner intérieurement de quelque chose. Comme une communication avec un autre monde. Il releva la tête. Raconta :

« Autrefois, il y a bien longtemps, le premier baobab au monde vivait devant un petit étang. Il dressait sa cime vers le ciel. Quand le vent

ne soufflait pas, il se regardait dans l'eau, qui
alors était lisse comme un miroir. Mais il voyait
aussi les autres arbres, qui avaient des cheve-
lures fleuries et des feuilles. Tous étincelaient
de couleurs, il les voyait et il était malheureux.
Ses feuilles étaient minuscules, ses fleurs imper-
ceptibles, et son écorce ressemblait à une vieille
peau d'éléphant. Alors, l'arbre invoqua Dieu et
s'adressa à lui. Dieu, qui avait créé l'arbre, était
satisfait de son œuvre, qui n'était pas semblable
aux autres, il aimait la diversité, mais ne supportait pas la critique. Dieu se retira dans les
nuages pour réfléchir. Mais le baobab continuait
de se regarder dans le miroir de l'eau et de se
plaindre. Dieu descendit donc, saisit le baobab,
le souleva et le replanta dans la terre, loin de
l'eau. Ainsi, ne se voyant plus dans le miroir de
l'eau, l'arbre cessa de se plaindre. Tout était rentré dans l'ordre. »

Le marabout souriait. Il fixa Martine.

« Tu es comme le baobab. Ça se voit dans ton
regard. Tu as vu trop de choses autour de toi qui
t'ont fait du chagrin. Éloigne-toi de ta vision des
choses. Ne pense plus à ce que tu vois. Il faut
que tu demandes à changer de place. Déracine-
toi toi-même. Pour cela, demande au baobab
de te donner la force. Il est force, il peut t'en
donner un peu si tu le veux vraiment. Dieu ne

viendra pas, comme il l'a fait pour lui, mais toi, tu peux le faire. Viens le toucher. Viens chercher sa force. »

Après un moment de silence et d'hésitation, Martine se leva lentement. S'approcha de l'arbre. Elle le toucha du bout des doigts. Puis, comme si une force lui commandait, elle se colla à lui et y resta un long moment, comme en communion, puis, sans vraiment s'en rendre compte, elle sortit le cahier jaune de son sac. Le regarda. Et, d'un geste lent, mais sûr, elle le jeta dans les flammes qui commençaient de diminuer. Les pages s'enflammèrent d'un seul coup. Une petite fumée blanche monta au ciel. Elle eut le sentiment que les pages jaunies allaient retrouver sa mère.

Quand tout fut consumé, le marabout dispersa les cendres au vent.

« Tu es libérée, lui dit-il. Tu as chassé les images. Tu as replanté tes racines. Celles de la douleur du souvenir se sont envolées avec la fumée de tes peines. »

Martine laissa couler ses larmes, mais son visage était détendu. Souriant. Elle était étonnée de se sentir aussi bien. Aussi libre.

« Ici, tu es chez toi », lui dit Djamila en la serrant dans ses bras.

Elle pensa à la chanson de Marc :

Toutes les pages envolées.
Ont chassé le soleil gaîté,

Les pages, désormais brûlées, avaient ramené le soleil gaîté.

*
* *

Georges avait rencontré Marc à son retour de Cussac. Marc était furieux. Comment son père avait osé demander pour lui la main d'Élisabeth ? Son père eut beau lui expliquer que grâce à cette demande, il avait fait diversion, et ainsi, s'était sorti d'une situation embarrassante, il n'avait pas accepté.

« Faire diversion ! Cette demande en mariage n'était donc qu'une diversion. Tu l'as faite dans ton intérêt ! Décidément, Flavius, tu as gardé l'art du secret. »

Georges trouva son fils ironique, mais se dit qu'il n'avait pas tout à fait tort. Il avait sûrement été maladroit. Mais bon, il savait bien qu'il aimait cette fille, non ?

« Qui t'a dit que je voulais l'épouser ? Tu as vu le caractère qu'elle a ? Tu as vu cette supériorité qu'elle assène chaque fois qu'elle me traite de landescot ? »

Bien sûr que oui, Georges avait remarqué, mais à son avis, c'était plus un jeu qu'une réelle conviction. Il insista :

« Si tu veux bien l'épouser, tu seras près de Paul, ton demi-frère, avait dit Georges. Ce serait bien, non ? »

Là, Marc avait explosé. Il avait accusé son père de se servir de lui pour voir plus souvent ce fils qu'il ne connaissait pas. Pour être plus près de son ancienne maîtresse. Et sa femme, Madeleine, il lui avait dit qu'il avait un autre fils ? Georges avait alors dit à son fils qu'il se trompait sur tout, mais qu'il lui pardonnait. Depuis huit jours, il avait appris tellement de choses que sa réaction était normale.

« Je reviendrai dans quelques jours. Tu seras peut-être calmé. »

Marc était resté seul le jour de Noël. Le midi, il était allé prendre un verre à l'hôtel de la plage. Le temps s'était arrangé. Plus de vent. Plus de nuages menaçants. La mer cognait moins. Apparemment, l'effet des treize lunes s'estompait tout doucement. L'année à venir serait peut-être plus facile. En tout cas, elle n'aurait pas de mal à l'être. Avec ce calme qui revenait ! on allait pouvoir de nouveau poser les filets. Les larmes dans la voix, Élie avait dit qu'il ne les poserait plus jamais. Sans Médard, il ne pourrait pas. Il n'aurait pas la volonté.

« Une page est tournée, mes amis. Ainsi va la vie. »

Ils avaient bu leur verre en silence. Ce Noël serait bien plus triste que les autres. Élie se tourna vers Marc. Lui posa la question :

« Et Élisabeth ? »

Marc avait levé le bras comme pour dire allez donc savoir. Il ne savait pas. Il ne savait plus. Son père l'avait carrément demandée en mariage à ses parents pour lui. Elle avait dit oui à Georges, mais Marc pensait qu'elle avait peut-être fait ça, elle aussi, pour sortir d'une situation embarrassante. Et puis son orgueil ne le poussait pas à faire le premier pas. « Le landescot est borné », avait dit Élisabeth. Il allait lui donner raison. Il jouerait les bornés et ne ferait pas le premier pas.

Les jours qui suivirent furent encore gris. Nuageux. Marc ne se décidait toujours pas à aller à Cussac. De son côté, Élisabeth enrageait. Pourquoi ce borné de landescot ne venait pas la voir ? Son père ne lui avait rien dit ? Chez elle, depuis que Georges était venu, ses parents semblaient s'aimer plus qu'avant. Devant cet accès de gentillesse inhabituelle entre eux, Paul demanda à sa sœur ce qui se passait. Il ne comprenait rien, mais ma foi, ce n'était pas plus mal comme ça.

« Je ne pensais pas que ton éventuel mariage avec ce landescot leur plairait à ce point. J'imaginais même papa se mettant carrément en colère. »

Sa sœur lui avait rétorqué qu'on ne connaissait jamais assez les gens, et qu'imaginer leur réaction était téméraire, la preuve.

« Il faut dire que Marc a l'air sympa, et que son père l'est tout autant.

— Voilà qui est parfait, avait dit Élisabeth, tu lui feras boire notre vin, et lui, la résine des pins qui l'entourent ! »

Paul avait éclaté de rire. Décidément, sa sœur était une ribeyrote profonde. Voire incurable !

« Si tu ne mets pas d'eau dans ton vin, tu vas voir que ton Marc va se remettre à courir la lande sans toi ! »

Elle n'avait fait aucun commentaire, mais en réalité, c'est ce qu'elle craignait. Elle devait faire le premier pas, parce que sinon, leur histoire finirait comme celle de Colette et Georges. Ils devaient se voir rapidement.

Marc écouta son répondeur le soir vers cinq heures. Il revenait de se promener sur la plage avec Flavius. L'air de l'océan lui avait un peu lavé les idées. Il irait voir Élisabeth demain. En rentrant, il y avait deux messages. Le premier, de son père : « Alors, jeune homme, toujours hésitant ?

Je passerai te voir demain. » Marc soupira. Ils allaient encore à coup sûr s'engueuler. Avec sa manie de donner des conseils ! Il s'imaginait que son fils était encore un môme ! Le second était d'Élisabeth. Court. Précis. « Sauf contre-ordre de ta part, la ribeyrote viendra voir le landescot demain en fin de matinée. »

Pour être clair, c'était clair. Même dans ses messages elle était autoritaire. Il se dit qu'il aurait besoin d'avoir une sacrée patience pour la supporter, mais le souvenir des mois de tendresse et d'amour lui amena le sourire aux lèvres. Il revit les flambées de bois qui réchauffaient leurs corps endormis sur le tapis. Il revit leurs moments d'amour. Il se dit que depuis qu'il la connaissait, tout avait changé. Il avait été content de les voir ensemble, Martine et elle. Ça lui avait permis de savoir laquelle il aimait vraiment. Il s'était rendu compte qu'Élisabeth comptait plus que Martine.

Flavius courut vers la voiture d'Élisabeth. Lui fit la fête lorsqu'elle en descendit. Elle lança d'un trait :

« Voilà au moins quelqu'un qui est content de me voir. »

Marc ne put s'empêcher de sourire. Il approcha du portail, lui ouvrit, s'effaça pour la laisser passer. La deuxième réflexion tomba, aussi abrupte que la précédente :

« Monsieur le landescot a quelque chose à se reprocher, qu'il joue les bien élevés ? »

Non, il n'avait rien de particulier.

« Alors pourquoi ce long silence ? demanda-t-elle.

— Pas aussi long que le tien, qui a duré plus de deux mois. »

Elle ne répondit pas. C'est vrai qu'elle avait mis du temps avant de se décider à le revoir. Et le jour où elle avait décidé de revenir, ç'avait été pour tomber en plein drame avec Martine et Médard. Elle n'était pas près d'oublier cette fin d'année.

« Parce que tu crois que c'est facile pour moi ? Je ne sais même pas si tu m'aimes encore, et voilà que mon père, devant mon demi-frère, demande ta main pour son autre fils, à tes parents. Tu as dû jubiler, non ? »

Non. Elle n'avait pas jubilé. Elle pensait même avoir vécu le moment le plus tendu de sa vie. Entre sa mère, son père et Georges, le temps lui avait paru une éternité, avec toujours ce risque d'une rupture et du déchirement de sa famille.

« Heureusement, dit-elle, mon père a été d'une dignité que je n'imaginais pas. Quel ribeyrot !

— Et mon père, il n'a peut-être pas été bien ? Il n'a rien voulu casser lui non plus. Pourtant, c'est un landescot ! »

Ça y était, la bagarre reprenait. Ridicule. Mauvaise. Marc sentit qu'ils allaient se reprocher tout et rien. Comme s'ils ne pouvaient pas oublier ces sottises et penser à leur avenir. Parce que son avenir, il le voyait avec elle. Uniquement avec elle.

Élisabeth se dit que le destin lui avait joué un drôle de tour en lui mettant Marc sur son chemin. Elle qui rêvait d'indépendance et de liberté, elle sentait que son avenir ne pouvait passer que par ce garçon, mais son côté orgueilleux lui disait, au fond d'elle-même : « Attends encore un peu. Laisse-le se dévoiler. »

Ils étaient là, à se regarder, quand un bruit de voiture fit aboyer le chien. Georges s'approcha. Il les sentit tendus.

« Alors les jeunes, on se chamaille encore ? C'est pour la date du mariage, ou pour la couleur de la robe ?

— Tu crois qu'une ribeyrote demande des conseils ?

— Pas plus qu'un landescot », dit-elle avec colère.

L'Année des treize lunes

Georges sourit. Comprit que la conversation n'avancerait pas, tant que chacun camperait sur ses positions. Une nouvelle fois, il décida d'agir.

« Tu sais, Marc, et vous aussi sûrement Élisabeth, que j'adore l'histoire. Eh bien, je vais vous en raconter une qui vient de loin, puisqu'elle vient de la mythologie grecque. Dionysos, fils de Zeus et de Sémélé, était le dieu grec de la végétation, de la vigne et du vin. Il devint Bacchus chez les Romains. Pendant les mois d'hiver, il organisait les bacchanales, fêtes grandioses animées par les Bacchantes, qui étaient des prêtresses. Et celles-ci tenaient à la main des thyrses, bâtons ou sceptres, comme vous voudrez. Et vous savez comment ces thyrses étaient décorés ? Leurs tiges étaient entourées de pampres de vigne, et à leur sommet, il y avait une pomme de pin ! La vigne et le pin sur un même emblème, du temps des Grecs. Ce n'est pas fort comme signification ? Alors que les Grecs avaient fait l'union de la vigne et des pins, après plus de deux mille ans, vous êtes encore occupés à vous chamailler à cause de ça ? Mais ce thyrse, mes enfants, ce devrait être l'emblème du Médoc, qui réunit ainsi les deux cultures essentielles de cette presqu'île, les pins et la vigne ! »

Georges haussa le ton.

283

« Alors, ce ne sont pas vos petites stupidités pour savoir si ce sont les landescots ou les ribeyrots qui sont les meilleurs qui vont faire avancer les choses. Ne soyez pas idiots. Vous vous aimez, bon sang, alors ne vous préoccupez pas de savoir qui doit faire à nouveau le premier pas. Faites-le. Ensemble. »

Émus, Élisabeth et Marc se regardèrent. Ce fichu Georges en connaissait un rayon en tragédie grecque et en sentiment. Au même instant, ils tombèrent dans les bras l'un de l'autre, réunis dans un même amour. L'année des treize lunes finissait dans trois petits jours. Avec elle disparaissait la tempête. Les orages. Allait arriver le beau temps. D'autres marées apporteraient d'autres surprises. Agréables. Désagréables. Ainsi irait la vie.

Georges avait tourné le dos, sifflé son chien.

« Tu viens, Flavius, on va se promener sur la plage. »

*
* *

Édouard Mercier-Lachapelle était fier avec sa fille Élisabeth à son bras. Elle était splendide dans sa robe de mariée. Dans le faible soleil du printemps naissant, ils avançaient à pas lents vers l'autel de la petite chapelle, accompagnés seulement par le chant des oiseaux. Qu'elle était belle cette chapelle au milieu des pins, des genêts et des mimosas. Un simple toit protégeait l'autel. Trois murs, pas de façade. Quelques bancs de bois seulement, pour asseoir les fidèles de Longarisse à la messe du dimanche. Derrière l'autel, un vitrail avec un christ en croix. Au fronton, une statue de saint François d'Assise. Tout autour, des pins, des arbousiers, et sur le bord du sentier qui amenait à l'entrée, une petite niche avec une statue de la Vierge présentant l'Enfant Jésus, appelée Notre-Dame de la Paix. Quelle idée sublime avaient eue des landescots de bâtir ici une chapelle. À l'époque de sa construction, seul un chemin de terre, garni de grépins, servait de route. La charpente, fabriquée par Georges et Alphonse, avait été amenée sur la pinasse d'Émile. Ils avaient traversé l'étang, du port jusqu'à la conche de Longarisse. Des attelages de mules avaient fait le reste. Quel travail !

Madeleine, Marc à son bras, était radieuse. Elle amenait son fils à l'autel.

Georges était heureux de cet aboutissement. Ça n'avait pas été facile. Ils avaient fait, sans le vouloir, le tour de tous les ingrédients de la tragédie grecque. Il regarda Colette avec tendresse. Comme il avait pu l'aimer ! Il regarda aussi Paul, ce fils qui ne le saurait jamais. Il vit qu'Édouard Mercier-Lachapelle était heureux et fier.

Marc, en passant près de son père, lui fit un clin d'œil complice. Lui dit à l'oreille :

« Observe bien, Flavius, observe bien. »

Élie était là aussi. Il pensait au passé avec nostalgie. L'année des treize lunes et ses marées avaient lavé les consciences. Pour combien de temps ? Jusqu'à la prochaine année des treize lunes.

Lorsque la mariée se retourna vers ses invités, elle vit grimper au tronc d'un pin proche, deux écureuils qui se pourchassaient. Elle repensa à sa phrase : « S'ils ne veulent pas de ce mariage, je me marierai dans les pins, avec la bénédiction des écureuils. »

Elle sourit avec bonheur.

Imprimé en U.E.
Dépôt légal : juillet 2021
ISBN : 978-2-8129-2833-8
ISSN : 1627-6779

www.deboree.com
livres@centrefrance.com